石 燕 强 雯◎著

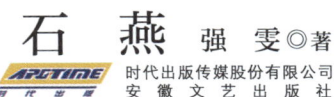

时代出版传媒股份有限公司
安徽文艺出版社

强雯,重庆作家,有小说、散文、随笔散见《人民文学》《十月》《译林》《广州文艺》等多家刊,曾被《小说月报》《北京文学 中篇小说选刊》《长江文艺 好小说》等刊物转载。曾获中国新闻奖,重庆文学奖、红岩文学奖、巴蜀青年文学奖等。出版有长篇小说《吃鲸鱼的骡子》《养羞人》,散文集《重庆人绝不拉稀摆带》,主编有地方文化图书《母城之光》。

# 石燕

SHI YAN

强 雯 ◎ 著

时代出版传媒股份有限公司
安徽文艺出版社

#### 图书在版编目（CIP）数据

石燕/强雯著.--合肥：安徽文艺出版社,2021.11
ISBN 978-7-5396-7242-7

Ⅰ.①石… Ⅱ.①强… Ⅲ.①中篇小说－小说集－中国－当代②短篇小说－小说集－中国－当代 Ⅳ.①I247.7

中国版本图书馆 CIP 数据核字(2021)第 126192 号

**重庆市委宣传部、市作协文艺创作资助项目、**
**重庆市渝中区文艺精品创作扶持项目。**

出 版 人：姚 巍
责任编辑：柯 谐　　　　　　　装帧设计：张诚鑫

...................................................................

出版发行：时代出版传媒股份有限公司　www.press-mart.com
　　　　　安徽文艺出版社　www.awpub.com
地　　址：合肥市翡翠路 1118 号　邮政编码：230071
营 销 部：(0551)63533889
印　　制：安徽联众印刷有限公司　(0551)65661327

...................................................................

开本：880×1230　1/32　印张：7.75　字数：160 千字
版次：2021 年 11 月第 1 版
印次：2021 年 11 月第 1 次印刷
定价：29.00 元

...................................................................

（如发现印装质量问题，影响阅读，请与出版社联系调换）
版权所有，侵权必究

# 目 录

序　澄静生活之下 ■ 001

石燕 ■ 001

百万风景 ■ 063

功德碗 ■ 115

清洁 ■ 141

水彩课 ■ 161

单行道 ■ 179

旗袍 ■ 215

## 序　澄静生活之下

生活看似一场不伦闹剧，但小说让其倍加严肃，这种严肃性增加了我们经历的分量，防止遭遇被遗忘、被消解、被社会人轻描淡写，其残酷、辛酸、戏剧性，允许了它抵达故事题材允许的深度。

强雯是我在鲁院的同学，2008年。在同学期间她曾不断地与我讨论文学议题而我也必须承认自己多是一知半解，却有着那么不自知的傲慢——似乎，我曾反复地对她和我的同学们说"不，不能，不对，文学不应是这样子的，文学要想达到高格就必须怎样怎样……"现在，我成为一名教师，在经历了多年的教学尝试之后才知道自己的所谓"必须"是多么的可笑，才意识到"条条大路通罗马"不应是随口说说的套话，它是确然的真理。而我其实当时并不真正地理解它。我当然也记得强雯和我的争执，她不肯轻易地妥协——大约是直到今天，在一遍遍翻阅强雯的这部《石燕》的时候，我才理解到她不妥协的可贵之处以及这份不妥协的意义所在。当时，我貌似尊重文学的多样表达但其实有

石燕

一个固定的、固执的偏见在，我貌似认可"条条大路通罗马"，本质上却暗自规定：只有一条道路是能够真正到达罗马的，其余的道路都是幻象。

从2008年至今，我的文学观念有依然的固执也有部分地调整，偶然反思，我会为我当年的那些并无道理的傲慢和坚持羞愧，为我的盲目自大羞愧。是的，之所以提及这些是因为强雯的小说集《石燕》，它让我想起当年的争论，也让我对自己的不自知的傲慢有了更多的警醒，我甚至觉得，《石燕》也是检视我此时认知的一面镜子。在对这部小说集的阅读中，我读出了感动唏嘘，读出了丰富，读出了精心和内在的涡流，而之前，在那个2008年，我或许不会像现在这样有如此的感受。

强雯的小说源自生活，她善于捕捉来自日常的那些凡人故事，乐道于属于他们的酸甜苦辣，内心的波澜和面对日常事务时的计较、算计、挣扎和取舍，乐道于属于他们的沉默和沉默的回声，乐道于那种平静之下（至少是貌似的平静之下）个人的面对和杯水里的微澜，尽管这微澜就个人而言已经接近于风暴……在2008年，在我和强雯同学期间，我对这样的写作颇为轻视，我会觉得它所有的不过是"手把件的美"，它缺少我以为的文学的宏大和宽阔，缺少"深刻感"和"力量感"，我希望文学能以虚构的方式言说我们的存在，我希望它一直面对宏大和宽阔，对我们的习见进行针锋相对的反驳并能说服我们——现在，我在阅读强雯的这部小说集的时候,却发现我以为的某些"匮乏"其实属于偏见,她的文字里有这些,并不像我原以为的那么匮乏。

譬如《石燕》,一个文物修复师的故事:故事沉在日常性之中,强雯书写的当然是日常层面,一个"有故事的人"的事业观、人生观和情爱观,以及这些观点和性格的成因等等,而重庆的地域文化则作为特征性补充拓展出另一层面的丰富……然而它并不止于此,它在内部是有不断散出的折光的,这个折光其实更有意味。透过折光,我们看到考古行业在时风影响下的挣扎、流变,以及古迹修复专家、社会团体在争夺古玩市场中的种种角逐;我们也看到那个人(或那类人)既被这个社会需要,但又不能接受转变的"可贵固执"——这里面,有生活和生活之思,甚至有隐约的价值判断和对于"后果"的反复掂量,有那种"生活如此?非如此不可、有没有更好的可能"的隐含追问。再譬如《暴饮暴食》,再譬如《单行道》和《旗袍》……在她的这些小说中,日常生活是她乐于挖掘的取材,她属于那种"小事儿的精灵",敏感于日常的艰辛与欢愉,敏感于"个人生活"和对自我欲望的处理,敏感于神经末梢所发出的些微震颤。但这些小说是有褶皱藏匿的,如果我们具有耐心,会发现它们其实暗有天地,暗有内在的精神指向、时代指向。事实上,强雯笔下的小事儿往往并不小,她言说的一沙背后也有一个隐约的世界。更为让我看重的是,她的每一篇小说的言说都是不同的,都指向不同的生存方式和不同的精神疑难——也就是说,阅读《石燕》这部小说集,你会窥见很不相同的、具有意味的风景。

　　对于生活的熟稔也是强雯写作的强点之一,她的故事往往能让你"身临其境",进而是"感同身受",将这个故事看成是你的故事,是你要面对的生活和生活可能。她的小说大约看不到在文字处的特别着力,然而——

　　　　……艾云丽听见沉重的拖鞋声在客厅的地板上摩擦,停顿,再没有了声音,也没有灯光。……怎么回事?她又仔细听了一会儿,没声响,便悄悄地把自己的房门打开,借着路灯的微光,她看见父亲沉沉的背影挂在窗户边,像一件用旧的黑雨衣。
　　　　"还不睡吗?"
　　　　"明天不是要去景园公园吗?"
　　　　父亲依旧背对着她,不回答。
　　　　艾云丽披上外衣,好奇地走上前去,只见父亲直直地望着窗下,冷清清的凤尾路上一个人都没有,超市、饭馆全都拉上了卷帘门。

　　　　　　　　　　　　　　——《百万风景》

　　在这里,叙述客观、冷静,貌似只是一个日常生活场景的记录,我们似乎也读不出波澜:不,波澜存在着,在艾云丽的心里也在那个父亲的心里，只是强雯有意识地掩藏了它，只放出了些许的回声，譬如对父亲背景的比喻，譬如父亲的那句话和话里的言外，譬如——"清清的凤尾路上一个人都没有，超市、饭馆全都拉上了卷帘门。"它的里面有着况味，有着百感交集，有着空旷和它所有容纳下的巨大回声。它让我想起海明威在他改写了39遍的《永别了武器》中的那个结尾：

我往房门走去。
"你现在不可以进来。"一个护士说。
"不，我可以的。"我说。
"目前你还不可以进来。"
"你出去。"我说，"那位也出去。"

我觉得二者之间有那种大致相同的妙：经济而冷静的语言，它几乎不掺和情感，内在却是大波澜；悠长而耐人寻味的回响，它们有着近乎太过辽远的广阔；百感交集，一种可意会到但无法用另外的方式解释清楚的百感交集。

《百万风景》中的一家农村的拆迁户，搬到城里居住，卤菜摊是他们的生存方式，也是他们的武器。他们家简陋的社区旁边建起了一座豪华小区，最初让他们拥有了休闲活动的场所，享受到了城市的优雅环境。但是随着小区的落成封闭，反而给他们增添了从未有过的烦恼。他们曾经拥有的乡村田园已不复存在,在城市里却又难觅一处栖居之所,心理落差,通过一件平常的小事被淋漓尽致地表现了出来,中国现代化和城市化进程中一些散落的碎片和隐秘的心理也被巧妙地剖析了出来;《清洁》里,主人公小海有着强烈的做清洁的爱好,在这个人们纷纷膨胀着欲望,疯狂追逐名利的时代,他却丝毫不为所动,喜欢着属于他内心的,在别人看来似乎没有什么用处的事情。他在一座寺庙里做一份整理拓片的工作,满足于微薄的收入,连他好不容易交到的女朋友也不能理解他……寺庙里缓慢而澄静的生活,遥远的风铃和木塔的故乡,被强雯描述得令人心驰神往。《水彩课》是父亲一场青春期幻灭,是特殊时代青春期的幻灭。那个悲情年代,似乎让人无力指责,小说结尾无比虚弱的父亲在女儿面前沉沉睡去,人生苍凉的况味通过作者具象化的笔触被充分地传达给了读者,对于时代和个人命运,我们说什么好呢。《单行道》里的单亲妈妈,她的人生残酷又温情,原生家庭里被掠夺的父爱,并不是原罪。其中的心理描写我以为是最出色的。《旗袍》中,旗袍是道具,也是悲剧人生的序幕。中年女人以旗袍为标识重塑生活,却又最终被冷酷的现实嘲讽打败,人物描写很吸引人。《功德碗》则重现了文字意蕴的古典美学,故事返场与民国时期,在兵荒马乱的军阀乱世之中,一个大户人家三十多年坚持做功德,帮助和感化前来投靠的乡民,然而看似保护伞的功德碗却自承双重含义……

《石燕》中的小说，看似独立，却又彼此关联，那些美好宁静的往昔、当下甚至未来，像一个气泡，它们和脆弱的现实肥皂水互为纠缠，偶然的幸福时刻，不过是脆弱现实的缓刑。这些小说，以及小说外的事情，让作者和读者都理性含恨："闭嘴，成交。"

（李浩：著名作家，第四届鲁迅文学奖得主，河北师大文学院教授。）

石燕　■

一

两天后,把那几个修复完的陶俑交给博物馆,华绵就出发了。

此行目的地不远,华绵要去长江边上的巫山县转转。三峡大坝蓄水前,许多人来这里淘宝——背枕大宁河、长江,巫山出土了数量庞大的大溪文化的石器。川渝两地的考古队来来往往,村民尾随其后,捡掇遗漏的宝贝。"昨夜巫山下,猿声梦里长。"巫山于华绵,有梦中故乡的幻觉。大量的原始器皿、传说,盘旋在山峡奇峰间,绸带般的天空里,回荡着绵绵无期的古谣。

这地方就是让人来发梦的,这一点,像他幼时居住的歌乐山。"仙乐飘飘,众仙多聚于此。"国文老师常摇头晃脑地诵。时空辗转。只是,巫山把梦变成了真实——每一次他都能收获到货真价实的古玩。商周时期的陶片、鼎、钵、簋,石斧、石锥、石锄……古老的大溪,森林密布,江河汇流,入峡可通巴蜀,顺江可下东海,长江流域的原始文化就隐藏在巫峡的岩石隙缝里。

随便找个地方坐下来,扒开周围的石块、沙砾,几乎都能发现石器。大宁河边重岩叠嶂,叫"石"的地名很多,碚石、硖石、砾石……其中又属跳石的河岸线最长。它生育的大量的石器,层层叠叠,大石护小石,小石拥大石,黑灰灰一大片。这些石器基本上是用鹅卵石制作的,以打制石器居多,还有很多制作石器时敲击下来的碎片。也有磨制的,数量要少得多。

这次来巫山,依然跟石头有关。老杨在电话里神秘地说——前两天下暴雨,河滩上冲出了好多石燕。

"真的?"华绵半信半疑。这东西可遇不可求,千百年来只听其传闻,难见其真身。

"如假包换!"

华绵藏有石燕,那是20世纪80年代在巫山一农家所得。饭毕入茅厕,发现一隅的石板上有许多层层叠叠的石燕图案。他恳求万千,对方才同意把这臭烘烘的石板卖给他。

石燕就生长在巫峡的崖壁上,外形像一只展翅欲飞的燕子,因其为沟壑,因此肉眼难辨。好事者会攀爬上山,在石燕身上做记号,这样,遇到暴雨后落地,人们就能迅速地凭记号寻得真身。

巫山人笃信石燕,因它能预知气候的变化以及旱涝灾害。而这种预知能力是以"身碎"的暴烈方式完成的——石燕碎地的那一年,定是涝年。

"石燕拂云晴亦雨,江豚吹浪夜还风。"唐朝人许浑就记录下石燕的灵验。悬崖峭壁,隐约其间,遇雨则飞,此乃万物之灵。

"等我。"华绵说。

"不急。"老杨哈哈大笑。老杨有个私家仓库,有什么好货,他都先囤起来,有时也代为转卖。在巫山县城有很多像老杨这样的"阴商",

没有门面,出货靠口口相传,遇上顺眼的人带到家里转一转,交易就成了。

华绵在老杨的仓库里看到了二十几枚石燕,土黄色、青黑色的均有。青黑色者是石燕中的极品,他竟然淘到了,华绵佩服。个别残次的,问题不大。华绵小心地摩挲这些石燕,沟壑深浅,尘土垢积,对着光审视,如奇峰延绵。"好家伙!"他赞道。

"看得起就拿走。"老杨要做大买卖。

巫山山险崖峭,古栈道凿痕累累,多少次华绵仰望山壁,如对神佛般对它叩拜,许下的愿望如今都应验了。

剩下两天,华绵和老杨去捡跳石。河滩上大溪文化的石器永远都捡不完。他俩淘了三十几斤石头,打电话喊了一辆三轮车运到县城的宾馆。第二天、第三天又过去,居然已找到上百件。

"没有白来吧?"老杨问,"这么多,搬回去得花工夫。"

"唉,好东西都被市级单位带走了。"华绵叹了口气。

"你也不差。"老杨说,"过两年,这里要建博物馆了。那个东汉庖厨俑,你知道的,已被指定为镇馆之宝。"

"这是好东西!"

"库区的好东西,各个单位都在争。去年巫山麦沱墓地开坑,发现了墓葬69座,被盗的就有31座,当地人彪悍,闹了好一场官司。东汉庖厨俑就该给巫山博物馆留着。"老杨说,"没几件拿得出手的东西,怎么开馆?"

华绵知道那个东汉庖厨俑,人俑双手握鱼,伏案操作,辛劳不乏快乐。"省级、市级博物馆都分散了一些汉代陶俑,若收集齐了,放在一个地方,那才是皇家阵仗。"

老杨不屑:"地方的家底儿就是被你们市级给抄光的。"

"你别说,文物就是要搞'中央集权',再加地方特色,这才是未来的方向。"

"别,"老杨摆摆手,"这些宝贝可不是留给哪个政府的,都是留给炎黄子孙的,所以,见者有份,利益均沾。谁想独吞,老百姓不答应。"

"很多好东西还是窝在人民手上的。"华绵诡笑道,"老百姓也不傻。"

老杨用手指指华绵手中的石燕:"比如这个。"

"这又不是什么稀罕物,药店里多着呢。"

"药店里的能和这相比?"老杨说,"玉石粉压制的玉镯能和刚开出的玉石比?"

华绵哈哈大笑:"以前在歌乐山,好多宝贝没法保护,敌机来了,随便就炸掉了。都不知道炸了几个连城璧。早知今日,我就揣走几个,也保下了。"

"得了,"老杨用手指着他,挖苦道,"那年头,连命都不值钱。"

是啊,华绵苦笑,小时候被收留在歌乐山保育院,已是命中万幸,多少难民流离失所。抗战那些年,一年里能数得出几个敌机不投弹的日子?转瞬间活人就成了死人,都变成了白骨。他无意间发现的罗家墓葬,谁还顾得上?黄桷树根深叶茂,枝上叠枝,密阴无罅,也架不住敌机日夜摧毁,漫山烽火,血、雨含混而下。生命卑微。

## 二

大雨滂沱。云雾如泼墨般横亘在写字楼上空,这不佳的视线减缓了城市发展的诸多进程,比如交通、能源运输。聒噪的汽笛声此起彼伏,一个比一个狂躁不安,刺痛着薄如蝉翼的人际关系。低沉的气压在办公室中急剧膨胀,令人压抑不安的松果腺素如火中之栗,随时要爆飞天。

还好,各类报纸、网媒、移动视频实时润滑,报道雨城美景,并誉其难得一见的"人间仙境",缓解全城紧张情绪。在雨中狼狈赶路的人会偶尔抬头张望,不以为意。

阿桑和她的小团队连日赶工,马不停蹄,发布会进入倒计时。

朱总很忙。剑小春是西南名酒剑客香的新系列之一。剑客香产于绵竹。绵竹有个名扬天下的剑山,其山千峰百嶂,幽雅出尘,凡登临此山的人,都会大醉一场。这个典故最早从唐朝流传开来,至于真假嘛,当地人都信其有。"剑客香"的酒名也由此而来。剑客香是老牌白酒,号称"西南地区的茅台",但是这几年名酒市场太热,老牌白酒的竞

■ 石燕

■ 008

争力日渐式微。千禧年后,原剑客香酒厂的销售经理朱源泉等多方建议,开发一款酒精度数较低的时尚白酒——剑小春,二两瓶装,针对年轻人的,盘活库存。之后,朱源泉便脱离了酒厂,成了这款时尚白酒的总代理商。他自立门户,要先在重庆把剑小春的市场闹腾起来,之后再去成都、贵阳、西安出击,辐射全国。朱源泉由此成为朱总,朱总忙得团团转。他到重庆一个月,立誓要做几件漂漂亮亮的场面事。

"陶俑捧出剑小春"的策划就是其中之一。

还好,华绵那里没有出岔子。老同志就是老同志。阿桑如约拿到了华绵为他们量身定做的剑小春版陶俑,说唱俑、舞蹈俑、听琴俑、厨俑、牵狗俑……仿汉陶俑,造型惟妙惟肖,一共20个。小团队除了盯货、盯展台,还要张罗剑小春的发布会现场的各个流程细节。连邀请副市长、市商委主任等一批政坛人士的请柬,阿桑都亲自去礼品店里选购。她的三个手下各司其职,车轱辘连轴转,给各媒体、同行打电话发邀请,检查站台桌布、横幅、酒杯的摆放,灯光、音响等的效果。

朱总三令五申,发布会掺不得半点假水,为此,阿桑还把华绵请到现场,指导陶俑的摆放摆置。

剑小春分为两种口味,但为了造噱头,阿桑提议分为春夏秋冬四种包装,20款展示品旁都有一款陶俑,或癫或憨,或痴或娇,两者相配,尽显酒色之谜。华绵在一旁看着,暗想不知是糟蹋了文物还是糟蹋了酒。

朱总正在现场巡查,见华绵来了,立即堆出生意人的笑容。

"发布会是 7 月 5 日,一定要来。"他握着华绵的手,热情地说,"你是幕后师爷,你是著名考古学家,一起来见证奇迹。"他的手绵实有力,跟他的话音一样,不容人挣脱。"阿桑,给华老师安排个好位置,这是我们的上宾。"他冲人群中忙碌的阿桑喊道。阿桑应声而来,笑如弯月,望着老板,又望望华绵,莺声燕语:"一定一定,必须必须。朱总你放心,华老师,我一定负责到底。"

华绵本想说自己出货了,余下的事情就不管了,但是朱总的电话响个不停,没来得及听华绵的推辞就走开了,走的时候还不忘抱歉地挥挥手。华绵只得对阿桑说:"你们这么忙,我就不来添麻烦了,今天我帮你拾掇拾掇就成了。"

老板下了死命令,阿桑哪能放过他?"不行,您这不是让我为难吗?"她向老板那边努努嘴,"再忙都会把您照顾好的,您是不相信我还是不相信朱总?您别让我难堪了。"她带着几分撒娇的口吻。

华绵不是出风头的人,什么副市长来不来,不干他事,"真的,我就不掺和了。"

"华老师,您这样讲就见外了。您来,那天会给您惊喜的。"阿桑眨眼道。

这是行话,华绵懂。他会意地笑笑,不再多语。

■ 石燕

## 三

　　退休后,找华绵订货的更多了,一些外地的老板也慕名而来,请他对一些古董鉴定、定级什么的。那年头,古玩收藏刚刚兴起,一些二线城市开始大肆圈地建城,打造古玩街,捯饬古玩展销会,因此博物馆出身的专家,有技术有资历,是很吃香的。醒得早的退休文物工作者,摸着门道开始发迹。但是华绵爱惜自己的名誉,对这种谋财伤名的事十分慎重。商人设的局他是不入的;小修小补的,价钱合适,他会接。剑小春这种业务,他有迟疑,可大可小,他要严格把控。20个陶俑,比以往的量要多,一个人修修补补,时间会拖得较长。这些泥土都掺和着华绵的生命,怠慢不得。

　　自从妻子去世后,他大部分时间,就待在这号称"工坊"的房间里,这里面的物什有的是从墓地里来的,有的是三峡淹水之前他去周边地区淘的,都十分不易。

　　妻子活着的时候常抱怨他收集这些"死玩意",弄得家里像个活墓,自己在家里走动平白吊着半条命,更可怕的是晚上睡觉,摸着华绵的手都像冰浸似的,半夜会突然醒来,分不清阴阳两界。

　　妻子是不是这个原因而卒,华绵不知道。常人需要阳光,他需要阴凉,在半晦半明的房间里,开一盏工作灯,墓尘弥散,所有的俑、残瓦、碎片均静默无语,这样的世界安静极了。他不仅能闻到,还能看到那种依附了几百年的霉菌从俑堆上升,缓降,抱团聚集,游荡在房间里的每个角落。它们堆积起的暮气,像冬日温暖的绒被,让他安然恬淡。

唧唧复唧唧。妻子一念叨,华绵就想躲,闭眼塞耳。童年时他就受够了这种声音,在战争硝烟中成长起来的孩子,被低空轰炸的飞机吓破了胆,充耳于保育院失控的呵斥,同学少年此消彼长的尖叫。都说森林吸噪音,但密林环绕的歌乐山从没把这些声音吸干净。枝丫摇曳,狂风大作,雷电见缝插针,伤人无数。即便是他一个人,藏身在幽林蔽日的黄桷树上,空袭警报声也会突然拉响。逃跑,没完没了的躲避,背后永远是撕心裂肺的号啕,呼喊一些永远没有回音的名字⋯⋯

安静!他要女人安静!像那些缄默的石器:秦代跽坐俑,肃穆,安静;唐代仕女俑,柔美,安静;石燕,质密而脆,纹理细腻,带着唐宋的气息,嶙峋,安静。它们悄无声息,不像妻子,牢骚满腹。最好是挨到困意连绵,哦,不,是妻子困意连绵了,他才溜上床。

由于偏爱这些古玩,他没少打过孩子。

儿子6岁那年,弄坏了一个南北朝时期的陶俑,那是华绵从巫山贩子手中淘来的一个饮酒俑,宽大的长袍袖底端连着一个小小的酒杯,造型罕见。孩子硬生生地把那个酒杯给掰断了,学着华绵的样子,就着灯光在放大镜下探究。

华绵的巴掌就如暴雨冲乱石,哗啦啦地落了下来。妻子闻讯跑进来护犊子,张嘴便骂。

■ 石燕

■ 012

　　华绵咆哮，他淘这些宝贝有多辛苦，辗转各地，跋山涉江，徒步数十里，忍饥挨饿，遇食即饱，在荒地和农家之中往返、兜转、磨价，常人以为就是一堆石头，哪知其中的精妙和心血。那酒杯脆生生地落在一旁，像是笑话他连日的辛苦，剩下那个握着空气的陶俑——废品，都成了废品。华绵沮丧地想，家人都是给自己添麻烦的人。

　　每次狂躁之后，华绵眼前那团火光就挥之不去，若隐若现，浓雾四塞，警报声由远而近，呼啸往返，儿童的凄厉尖叫……天旋地转。歌乐山，歌乐山，到处都是残次的生命，如这满屋残次的俑，也不多这一个，他叹。

　　后来孩子送到外婆家了。

　　华绵放狠话，懂事之前不准回家。之后儿子念小学，寄宿中学，读大学，工作，就真再没回来过。有时他会发现儿子在家里出现过的痕迹，比如用过的水杯、床上的褶皱、杂志摆放的位置，但是妻子从不承认，说谎的她脸上显得从容，没有一点思念，这更验证了身为父亲的猜测。华绵也不说破，更不提把儿子接回来这一茬。三五年就这样过去了，儿子，变成了挂历本上的几句话，比如某年某月念哪个学校，读了哪个年级，选了什么专业。世间事太多，无暇顾及琐屑。儿子不过是阴差阳错寄放到别人家的陶俑，无声无息地离开了华绵的生活，又无声无息地过着属于他自己的生活，两下相安。

　　妻子离世，华绵彻底解脱了，可以不舍昼夜地待在他的"死玩意"

中。旁人还以为他是悼念亡妻,不能释怀,故无人谴责。

妻弟听旁言太多,怕老鳏夫出事,特来安慰姐夫。

华绵的室内没变,除了邋遢,基本保持着妻子在世时的格局。那个工坊,倒是七零八落地增添了许多无用之物。

妻弟坐在太师椅上,有一搭无一搭地和华绵聊天:"最近接了几个活儿?""有没有人跟你介绍老伴?""一个人单着太久,会出病的,男人嘛。"

妻弟的话絮絮叨叨,比锉刀还钝,华绵有时只听见半句,又不好再问,再问,也心不在焉,也只听得半句,就常常答非所问。

"有女人啊。"他说的是自己手上的活路,"胸大腰细,好不容易收来的。"

妻弟就惊讶地挺直了身,想听要害:"什么时候的事?怎么弄的?"

"经常逛,就碰得到。"

太师椅简直就是老虎凳,妻弟坐得不自在极了,他觉得浑身都在冒虚汗,这个老鳏夫果真没闲着呀。

"轻纱照红袍,佳人难再得。"华绵喃喃自语,把手中的陶俑拉远拉近地比画,转头问妻弟,"两千多年前的工匠能造出这玩意,漂亮吧?"

"手艺这活儿就是技不厌精啊。"他补充。

"华绵!"妻弟走近了,失态地叫了一声,"我看你是走火入魔了。"

华绵笑笑,看着恼怒的妻弟,当这是对自己的褒奖。"你什么时候变得像女人了？婆婆妈妈。"

妻弟愣了下，脸上立刻挂不住了。

等到下一次再来看看这老头儿，他竟然还是这几句神神道道的话。妻弟想，要不是为着传闻，他才不来关心这个古怪老头儿。姐姐和姐夫刚成亲时父亲就说过，这些战时在保育院长大的孩子，没爹妈疼，心里都灰着，一家人要互相帮衬着。但妻弟不以为意，谁不是在战乱里长大的孩子？有人管就不错了。人要感恩。

华绵是知道感恩的。他从不和老丈人家吵嘴，礼数都有，对老人有一种讨好，帮着家里打杂。可是到了平辈人这里，比如妻子，比如妻弟，他就真的冷冷的。那年华绵一家才乔迁新居，三室一厅，刚装修完毕，处处发冷，夏天晒过之后，热气也都被带跑了。秋冬的雨一场接一场，映在瓷砖上的灯光，从地冷到墙，连天花板上的灯罩上都是冷的，映得整个屋子似冰浸的铁桶。华绵就觉得浑身发颤，顾不上和妻子、妻弟说话，一个人剥着花生，张望着空无一物的窗外，兀自发愣，缩着，收着。妻弟就老不乐意，含沙射影地怪姐夫不待见姐姐娘家人。姐姐护自己男人，安慰弟弟："他这是在构思呢，你知道修复文物的事情是很复杂的，又要合符古代的度量尺寸，还要自然，总之不是我们想象得这么简单了。他脑子里整天都在晃悠着这些事，心不在焉是正常的。再说，现在博物馆效益好了，展览比以往更多了，事情也更复杂了。"华绵妻子杂乱无章地解释了一通，"反正比炒菜还难。"妻弟就撇撇嘴：

"谁没份工作？就他的工作是工作，我们都是吃闲饭的？别忘了，我们一家可是根正苗红的贫下中农出身，他娶了你，那是他掉福窝里了。"

"你这个房间阴气太重，活人到了这里，都要变死人。"妻弟从回忆里恍惚过来，觉得呼吸不上来，"我得走了。"

"慢走——"华绵轻描淡写地招呼，"不送。"

老丈人在世的最后几年，也说过这房间阴气重，抗拒着不肯进屋，现在妻弟也这样说，华绵突然放开嗓子："这一带也就同咱家乡一样，美好的日子万年长——啊——"这《智取威武山》中的一句，唱来真是悠然自得，好味道。

## 四

剑小春白酒发布会是在五星级酒店——罗莎大酒店举办的。罗莎大酒店由一位港商投资，坐南朝北，临江而立，形似长方形的金字塔，房顶戴针状铁柱一啸冲天，光芒万丈的贴金墙面宛如庙宇高堂。

发布会这日，不燥不炎，太阳隐匿了光芒，在7月这是难得的好天气。华绵来到罗莎大酒店4楼百谷厅，他不习惯这样的场合，却乐得见主办方、客人各自忙碌，签到、寒暄、品酒、鉴陶俑……总之没他什么事，他就平白无故地打量起这些人来。莺莺燕燕，风流款款，虽然有些作，但模样相同。几十年前，在歌乐山，也是这个腔调，竹映点点，光影斑驳，女人旗袍款款，腰肢婀娜，男人风流倜傥。那是个成年人的花花

■ 石燕

天地,他当时看不太懂,不过也窥见了世界,世界就是女人旗袍上的绣花、男人横飞的唾沫。

歌乐山保育院的操场上,设桌摆椅,迎接要人。他们,这群被封为"国家孤儿"的孩子,在门缝间争先恐后目睹那排场。随后,广播里指定的音乐响起,孩子们便鱼贯而入,进入操场或礼堂,整齐列队,接受重要军官或夫人的接见。

这些仪式早早地注入了"国家孤儿"们的生命,但是华绵和其他孩子不一样,他排斥、抗拒,隐隐觉得自己长大后,不要变成这个样子。于是,他不自觉地就往一个相反的方向行进,别人觉得他邋遢、木讷,他倒觉得自己比别人看得更清楚。虚浮的东西,往往不能打动他。华绵绕开签到的人们、热情的人们,一眼瞥见那些方方正正陈列在玻璃器皿中的陶俑,唯有这些,才让他感到今夕何夕。它们穿越了几个朝代,蹒跚而来,雍容华贵,只是珍稀还是嘲讽,真说不上来。

发布会现场弥漫着一股清冽的白酒香,男人女人都黏黏糊糊。华绵皱起眉头,视线越过人群。宽大的落地窗户外,长江不兴,呜咽长鸣,一艘货轮几乎停滞般地行进,像某种仪式。百无聊赖的安吉佳批发市场耸立在对岸,那里卖各种鲜有人问津的文化产品。这是新南岸,四十年前,比利时、印度、法国的大使馆曾在那里一字排开,水滨繁华,字水宵灯,长江与嘉陵江交汇处倒映着万家灯火,江与城浑然一体。但是日本人来了,照样把一切炸得片甲不存,浓烟四起,瓦砾四溅。卖鱼磨刀的从废墟残堆中爬出来,大声叫卖,讨求生存。

什么都要继续。

"各位来宾,大家好。黄金错刀白玉浆,剑山客香出好酒……"9点钟,发布会正式开始,阿桑作为主持人介绍剑小春的历史。

"这身青花瓷的旗袍不错。"华绵想。

看投影,介绍重点酒以及陶俑,总经理朱源泉发言、文化专委发言……副市长发言。拉拉杂杂好大一通。上面的人说得铿锵有力,下面的宾客也各自参观、交谈了起来。

一个说唱陶俑嘟着嘴,两眼发嗔,双手朝向天,陪衬着旁边的青花瓷瓶装剑小春,几个嘉宾在周围啧啧称奇。在剑小春的旁边,还有一份毛边纸刊印的明代木知府《饮春会》:"官家春会与民同,土酿鹅竿节节通。一匝芦笙吹未断,踏歌起舞月明中。"

"有点意思!"华绵随手翻了下,赞道。除此之外,他注意到,每款陶俑和剑小春旁都有毛边纸刊印的酒诗。

这小丫头动脑筋了。华绵抬头想找阿桑,猛然发现每个女性工作人员都穿着青花瓷旗袍,一时花了眼。

"酒自诞生之日就有如长江、黄河一般在中国文化的历史中川流不息。"某文化专委委员还在意犹未尽地发言,"一个城市的文脉总是和酒分不开的,酒与诗词,酒与音乐,酒与绘画,相融相兴,沸沸扬扬,一代酒仙李白就曾说过:'兰陵美酒郁金香,玉碗盛来琥珀光……'"

引颈倾听,一个人也不认识,华绵想,不如出去透透气。

刚出来没一会儿,就看见阿桑在招呼他。不知是喝了酒的缘故,还是今天太过忙碌,阿桑脸上红扑扑的,见谁都格外亲热,攒着劲儿。阿桑拽着华绵的胳膊说:"你不进来看看,好多人在询问我们的陶俑,啧啧,受欢迎极了。"

"见笑见笑,不过酒受欢迎更好。"

"怎么样,今天这发布?"

"大雅大俗,人见人爱。尤其是毛边纸上的诗,画龙点睛。"他避重就轻。

"众星捧月呗!咱家的酒有历史有文化!"阿桑得意地说,莞尔又撒娇,"可惜我这两腿累得……"

"副市长都请来了,牛啊!"华绵竖起大拇指。

"那是朱总的面儿,我要学的还多呢。"阿桑毫不掩饰某种微妙,"回头聊。"她指指洗手间,"待会儿给你惊喜。"带着酒精的口气还滞留在华绵面前,像长江水面盘旋的水鸟,难辨行迹。侧墙根一个50开外的清洁工默默地伫立着,眼神狡黠而专注,等到人散开的时候,飞快地冲上来,擦去地面的淤尘,其实地板已经很干净了,浅褐色水环状的地板砖,不显脏。人群密集的时候,清洁工又迅速地退回到墙角,安静得像只蜘蛛。须臾,阿桑从洗手间出来,青花瓷里的腰肢越发绰约。华绵隔着十多米的距离举起了手指间夹着的烟,阿桑不纠缠,把事先说好的一份惊喜用信封包着,小心塞给他,自己又绰约地扭着小腰进会场了。

## 五

出来抽烟、上厕所、闲聊的人时有聚散。华绵得空,先离开了。出了罗莎大酒店,就是笔直宽阔的滨江大道。车轮驶过柏油路的声音有股低沉的撕裂声,像肌肤脱离血肉,缓缓的,有轻微但畅快的痛感。他看不见长江,只能看见长江之上阴白的天,这风团团作怪,直奔着胸口而来。他沿着马路走了一会,慢慢找到了自己。公交车站还远,大概两千米多,他感觉到滨江大道下面的长江缓缓地在流动,像丝绒拂过陶瓷一样,他感觉自己就是陶瓷,被裹挟于江水中,摇晃,轻轻摇晃。

滨江路上的车速度很快,华绵刚看见它们驶来,倏忽就从身边消失,跟流弹似的。如果你一直盯着车流看,就会看到那灰黑色的路通向了天空,看着那么远的一个小黑点,突然降落,还没着地,火光就炸花了眼,方圆几里的性命全都被炸飞了,害怕都来不及,人畜就死了。

死,就是突如其来的一记耳光。没回过神来,命就没了。留着残存的伙伴,睁开眼,便看见墙上的血迹、脑浆,才知道刚刚又被炸死一群人。战时保育院的同学和老师常常是这样突如其来地被身首异处,华绵想象不出那些血迹斑斑的胳膊、器官是他朝夕与共的人,内心的恐慌一层层往上溢,直到完全呕吐出来,边吐边哭。他被吓傻了,可是

■ 石燕

■ 020

被吓傻的他还知道逃跑。这些求生的技能已经被老师、被现实教导过无数次,成为他们这些孩子,这些战乱中人的应激反应。躲避流弹,任嘴边的秽物飞散,奔跑或趴地,如果没有死,他只能庆幸,并再呕吐一次。

活下来的孩子差不多都一个状态,很长一段时间木木的,没有言笑。一笑就会害怕哪天亲密的小伙伴又血淋淋地消失了。

有时敌机来了,小华绵就想奔往罗家墓地。老师说:"深坑地缝藏了几百年,这是老祖宗的法子。"那么他或许可以躲一躲。可是他从来都跑不快,腿脚使不上力气,流弹随时能让他一命呜呼。在梦里也是如此,他一直跑,跑过香樟、黄桷、蕨类植物繁茂的密林,阳光如冷箭,嗖嗖扎进灌木。他气喘吁吁,惊魂未定,跑得两脚冰凉,找不到鞋,还要继续跑,跑到地坑去。

黄泉不归路,大概就是不停地跑的意思,华绵想。

罗家墓地里的镜子多。最初就是那些金闪闪的东西吸引了华绵的视线。不知什么缘故,罗家墓地里的随葬品突然见光,也许是被流弹炸开了,谁都没有注意到这些珍稀的什物。小华绵走近了一看,才发现是大小不一的铜镜,方的、圆的、菱形的,铜质泛黑,绿锈遍布,闪着碎光。用衣服使劲擦拭,人像隐约可见。华绵第一次在罗家墓地里拿了一面刻有"见日之光长毋相忘"字样的镜子,镜身厚实,字体方正,就像老师在黑板上写的那样。他知道这是死人的东西,上面有好多云式花样的图案。小时在父母的床头就看见那样的花纹。真是想爹妈啊！最开始老师说,过段时间父母就来看他们,时间一长,他们就被老师找去单独谈话,要努力活下去,为阵亡的父母而活,为新中国的未来而活。

凡是被老师谈过话的孩子,都表现出英雄一样的气概,因为在课堂上,老师会郑重其事地告诉学生,某某的父母是最光荣的革命父母。

小华绵不知道自己的父母在哪里,只有这面镜子能给他安慰。凹凸之间,就像看见了和父母睡在一起的幼年时光,模模糊糊的,家里那张大床,床沿有着云式花样的木雕,他时常摸着,爬着,转身又滚到了妈妈怀里。那些云式花样就是他吮吸不断的母爱。

上课的时候,他会把手伸进书中摸一下,午睡的时候也会把手伸进枕头里摸下。学校后面是农场,是师生们自耕的两片良田,种植玉米、白菜、胡豆等。他们每周都要劳动,挖土除草。小华绵便把镜子揣在裤子兜里,他觉得那是妈妈在跟着他。结果下蹲捉虫害的时候,镜子掉出来了,有同学捡到,互相追逐嬉闹起来。小华绵不觉得这是游戏,他发了狠,将对方追到,骑着狠揍。这动静引来老师,三下五除二把两人分开,才发现是为了一面镜子。

镜子被没收,小华绵也被狠狠地批评了——说他私藏文物。老师在课堂上厉声警告:要以此为鉴,严禁学生们走入被炸开的罗家墓地,人身安全被重申一遍。

■ 石燕

小华绵赔了夫人又折兵,心中不服气,一心想找个机会要回自己的镜子。多次尾随没收镜子的吴老师,想偷回来。

一次课间的时候,小华绵听见一帮老师在小声议论罗家墓地。

"蒙这么多年,墓地还是保不住。这才是此地无银三百两。"

"墓碑上的字倒是很好的语文课:'白楸之棺,易朽之裳,铜铁不入,丹器不藏……'让孩子们学学倒可以。"

"你教书教到哪里去了?敢教这个?!"

……

小华绵没听懂老师们的话,但他从大人们的眼神中知道,那罗家墓地里藏了不少宝贝。这些宝贝流到了何处,一直到他成年都不曾清楚地探及。

罗家墓地成了孩子们的禁地,但小华绵想,腿是长在自己身上的。

日本的飞机不知什么时候就飞来了。有时警报还没拉响,有时警报还在山下,声音还未抵达山顶,炮火一炸一个坑,轻易就端了有名无名的老坟。

"去不去?"午睡的时候,华绵悄悄跟上铺的雨娃说,还有右边床上的龅牙。那两天没有重要人物来保育院看望孩子,一切都很清静。厨房里,只有锅炉水在呼呼地烧着。三个小孩蹑手蹑脚地从侧门走到后面的良田,再绕个弯,撒腿就跑开了。

烈日在密林中与人游戏,带着一股血腥。三个小孩满是慌张和偷跑的喜悦,一路踩踏鱼腥草、三叶草、杖藜,交杂斑驳的灌木在他们身后发出窸窸窣窣的摩擦声。树林里没有东西南北,但是他们还是找到了罗家墓地,它被一根绳子圈了起来,立了一块牌子——"炮火重地",但三个小孩只迟疑了片刻,便钻了过去。华绵找到那块残缺的墓碑,对那俩小孩说:"就是它,老师们说的就是这块墓碑。"

三个小孩围过去,一边摸一边读上面的字,却怎么都读不懂。

"什么意思?"龅牙问。

"此地无银三百两。"小华绵拣着老师的话说。其实他也看不懂上面的意思。

这个成语他们学过,在此时却让他们有些摸不着头脑。

"要不我们挖挖,看看还有什么宝贝?"

"万一有流弹呢?"

"那是唬人的,他们想独吞!"小华绵装作老练。

"万一挖到棺材了呢?"雨娃说。他们都有些迟疑。

"你觉得还会有棺材吗?"小华绵鄙视地说,"说不定早被他们撬了。"

"那我们来干吗?"

"捡漏!"华绵喊出这话,多年以后他还记得。这句话是他生命之中发自肺腑的初体验,没有谁教过他,这是一种本能。这生命发轫的体会,注定了他要与此行结缘。

■ 石燕

　　华绵从树林里捡了两根大树杈,丢给俩小伙伴:"试试,听说棺材是用金钉钉的,说不定会漏下几颗在土里。"
　　他们蹲了下来,用树枝刨土。"可惜了我的镜子。"小华绵咒骂着那些老师。
　　"老师们说,这歌乐山是厚葬之地,有很多值钱的宝贝。"小华绵给自己打气,给大家壮胆。
　　"有锄头就好了,要不我们回去拿?"龅牙说。
　　"你敢回去!"小华绵叫住他。
　　蝉像被针扎般地叫了起来,每一声都像钢钉扎在铁桶上。三个小孩同时抬起头来,他们听到了一种熟悉的呜呜声,但是谁都没有说出话来,不祥的预感笼罩在黄桷树、松树巅上。忽然狂风大作,枝条胡乱摇晃,灌木丛东倒一片,西歪一片。"快躲!"不知谁发出命令,三个孩子慌忙找地方躲起来。
　　1946年的飞机比歌乐山上的蚊子还多,黑灰色的,从蚊子渐渐变成庞然大物,俯冲下来,投弹,爆炸,胳膊、大腿、脑浆、尘土、浓烟,天空由蓝色变成灰蓝,最开始是哭声,后来慢慢地变成了哑然无语,只要能够活着,就是胜算。
　　小华绵自己跳进了坑里,他感到一层层的土向自己扑来,然后咚的一声,有什么砸在了自己的大腿上。他想,糟糕,土里果然有流弹,他死了。他不敢哭,哭会引来更多的炸弹,把他炸得如纸片般乱飞。

他强忍着呕吐感,颤抖着摸到了一条大腿,黏糊糊的。他想,完了。

不知过了多久,大概是天空的烟雾渐渐荡开,轰鸣声渐远,小华绵觉得喉咙里还能喊出声音。"雨娃,龅牙——"他小声地喊着他们的名字,可是没有人回应。一会儿,飞机轰鸣的声音又近了,嗓子眼儿在震颤,他终于昏厥过去。

等醒来的时候,树枝还在摇晃,头顶昏黄一片,太阳和泥土还在厮打。龅牙在他旁边横着。"龅牙!"华绵叫他。龅牙应了一声。"我们还没死吗?"华绵一边问一边把龅牙扶站起来。他发现身旁有一只断掉的胳膊,在一棵树下找到了一个小孩的身体,穿着雨娃的衣服——雨娃被炸死了。

华绵始终不能忘记这个画面,10岁雨娃的尸体就七零八落地散落在他们身边。什么时候对死亡视若无物?大概就是这时。多年后,他回想这一幕,才明白自己为何对那些没有生命的石器如此亲近,像他已故的旧友、亲人,从不想起,永不离弃。

后来回到保育院,没有人追究华绵去了哪里,歌乐山遭受到了大范围轰炸,师生们都很忙乱。第二天,一张讣告贴在黑板上:

敌机轰炸歌乐山保育院第32次
以下人员受到伤亡
……

### 1945年8月23日

有一些孩子的名字被划掉了,那里有雨娃的名字,他的大名叫罗小雨。华绵呆呆地看着那个名字,想起那一片耸立着的灰绿色的树林,好像绣着云石花样的镜子被打碎了,吊在那里,如电流闪烁。

## 六

白云幻化无形,五十年前的路就糊里糊涂走到了今天。

电话铃响的时候,华绵正在沙发上犯困,他模模糊糊地梦见自己在追问镜子的下落。

老师只是让他伸出手掌,狠狠地打了他。

"这是国家的财产。"

他被惊醒了,发现天都黑了。不知谁家在炒辣椒,呛得他咳嗽起来。手机上有好多未接电话,阿桑的有三个,儿子的有一个,还有一个陌生电话,不知是哪里的,他想可能又是找他干活的,不回也罢。

最近总是精力不济,很容易睡着,上年纪了,好好的一天经常被这种睡意干扰,就像爱喝酒的人,突然被一杯撂倒,好的开端就蓦地戛然而止。

他给儿子回了个电话,想问问儿子有什么事情,但是电话响了老半天都没有人接。他把电话又扔在一边。他和儿子总这样,互相都不能接到对方的电话，想想大概也没什么要紧事，无非是通知他换了工作。这一代人总这样，没个定性，好高骛远，大学毕业三年，工作都换了4个，瞎折腾。爱折腾折腾去，好在他从来不会找当爹的要钱，早一天晚一天也无大碍。

如此又睡了过去。

第二天清晨，陌生的电话再次把华绵吵醒。电话那头自称是重庆战时保育会同盟会秘书长，张勤。"今年是战时保育会成立六十周年，好不容易联系上你，所以希望你能参加。"

还有留世的？没炸死的也老死了。华绵心里琢磨，歌乐山保育院早就不存在了，新中国成立后，那里就被拆掉，修建起了一个胸科医院，接收各种传染病人，其实是给他们临终关怀而已。

死墓之地！他心里狠狠地想。

"能来吗？"对方还在热切地期待，"说不定还能见到你失散多年的老朋友。还有一些校友从武汉、成都赶过来，人生难得是重逢。我们希望这次的联谊能推动大家关注地方抗战贡献，具体地说，就是收集更多的一手资料，修建一个战时保育院的纪念堂，市里也非常重视。"

电话那头絮絮叨叨，让这个混沌的清晨显得有些伤感、迷离。华绵从来没有忘记保育院的样子，尽管它不复存在。上下两层楼的儿童教室，永远嘈杂奔腾，旗杆在整个院子中央茕茕孑立。还有那个大礼堂，是周姓的祠堂，又高又黑，正面立着几块祖宗牌位，孙中山的画像和国旗就挂在旁边。礼堂的南北是各种统计图表,一个时钟,一个挂历,提醒着日子的来去。讲演桌台上是一面"正容镜"。只要是雨天,孩子们就会来到礼堂集合。

淅淅沥沥的雨水滴落在阶前,还有迷途不知返的青蛙在柱角下蹦跶。老师在讲台上讲着与歌乐山有关的诗词:"蛙声满院钟声吼,正是僧归月上时。"

"好的,我来。"

## 七

阿桑是个敬业的女孩。万事要有始终,方可生意长久。几天后,她带着报纸来敲华绵的门。

她一份份指给华绵看。四份报纸,各有侧重。《汉代说唱俑玩穿越时空要酒》《酒香也要陶俑卖》《剑小春和陶俑有个约会》,洋洋洒洒的文字,五彩缤纷的图片。

"什么乱七八糟的?!"华绵皱眉。

"给你分享个好消息,发布会后,我们就接到了50个订单。"

华绵瞪圆了眼睛:"那应该给你开个表彰会。"

"众人拾柴火焰高,功劳都是大家的。"阿桑笑笑,"为了包装精品的剑小春,我们想推出礼品版,也就是搭配陶俑限量销售。"

"有句话叫趁热打铁。"阿桑步步逼近,"如果你能提供方便最好,要手艺好的人,因为我们要批量生产。可以的话,我们打上你的名字,盖个红泥,华绵制,老手工艺,又有噱头。"

"这个想法不新鲜,好多年前就有人想包装我。"华绵说。

"这不是缘分没到吗?"阿桑揶揄道,"那把你的图纸给我们,我们依葫芦画瓢。"

"这些图纸都是随手画的,没什么用。"

"所以需要你保驾护航。"阿桑坚持索取那几张没什么价值的草图,"还要请你好事帮到底。"

"嘿,你老板给你开多少工资?"

"都是为了糊口。"阿桑不接这茬,"朱总的意思是,高薪聘请你到我们公司来做顾问,博物馆那边就彻底抛弃,那修修补补啥的,不如原创的挣钱。"

"我一个退休老头儿,哪值得你们如此器重?"

"机不可失,时不再来。"

"来,我送你个东西。"华绵叫阿桑到自己的工坊里来。

"什么东西?这么快就贿赂我?"阿桑笑着问,这几天真是有点得意忘形,世上无难事啊。

"你来看了就知道了。一般人我还不送呢。"

阿桑在工坊门口倚着,不进去。那股墓土和绿锈腐蚀的味道缓缓地散出来。只见华绵弯下身,在置物柜子底下摸索着,带出一个纸包。

■ 石燕

他冲阿桑晃晃,放在台灯下,层层叠叠地摊开。阿桑小心翼翼地走过去,一个长着翅膀模样的石头出现在她眼前。

"这叫石燕,很灵验的,能预知天气的雨晴,如果石燕落地,就表示这年要涝灾了。巫山人很信这个,当图腾一样供奉。我也是运气好,碰见了,寻了几个回来。送你一个。"

"这……算文物吗?"阿桑忐忑地问。

"造化之物,你说呢?"华绵避重就轻。

"那贵重了。你怎么弄到的?"

"地上捡的。"

"有这样的好事?"

"识货的人才能捡到。"华绵看着阿桑,眼睛里带着狡黠,"上次不是告诉你我去巫山了吗?这才是宝贝。你家弄的那些陶俑,也就是糊弄人的,高仿工艺品。留着吧,小丫头。"

阿桑收下了。

"我告诉你,这东西有雌雄的。你手上这个是雌的,长小者为雌;你看我这里还有一枚,雄的,圆大者为雄。"

"有这样的说法?"

"你可以去《本草纲目》查查,我说得没错。"

"那我得好好收藏。"

"别怪我没把话讲前面,外面工艺品公司多着呢,你把那几个陶俑给他们看看,就可以下单。"华绵说,"这些东西,自己少做为妙,弄不好就授人以柄。常在河边走,哪能不湿脚?"

"你看,这都是博物馆的货,"华绵指着桌上几个杂乱的玩意说,"后天催着交呢。"

临走时免送,阿桑独自下楼。过道里有无数的"疏通下水道""专业开锁"的"牛皮癣",扶手上沾满锈迹。城市里的旮旯都是相同的,阿桑听见自己轻缓的呼吸声。父母常住的那栋旧楼也是如此,她很久没回家,也怕这种衰老的楼道气息。现在,自己为了工作在另一个散发朽味的老人身边周旋,这种触景生情让她觉得不安,想家,她听见自己胸腔里咕咕啾啾的声音。

其实,没有邀请到华绵入席,是意料中的事情。这种人在自己的世界里待得太久,早已不适应外面的风雨,他们只是被各种现代的潮流和垃圾裹挟着,身不由己地向前。他们偶尔会从自己的巢穴里探出头来,发现世界还需要他们,他们也需要世界,就沾沾自喜。可他们不知道,他们和世界的关系就像这些"牛皮癣"与旧楼道,谁管它们好看不好看、整洁不整洁,互相需要、互相利用就好。可是这种,老了,旧了,没人管了,任其自生自灭的标签让彼此都感到了不被尊重。还有什么更好的办法吗,让彼此怡然? 没有。这就是世界本来的面目,它不会让你舒服,你扭一扭,然后尴尬地继续挺进,华绵是如此,她和朱总的公司也是如此。她踢了脚边的一个空啤酒易拉罐,哐啷啷的声音甩出好远,想家的念头被赶跑了。

## 八

近来朱总的应酬特别多,不过,他都没有让阿桑参与。在得知了华绵的态度后,他也没有过多地责怪。

"离了胡萝卜还成不了席了?"他一边穿西服一边说,"重庆这么大,试着找找其他人。我们的产品还有很多后续开发,不能只停留在卖酒上。"

"说大也大,说小也小,圈里转来转去就这么几个人。"阿桑说。她隐隐觉得,华绵是有意的,只是老年人,什么都保守。

"那行。"朱总也顾不上多说,"最近家里事多,你多承担点。辛苦了。"说完,就走了。

光卖酒也没什么不好,剑小春的局面打开后,朱总就好像往另一个轨道上跑了。阿桑想,人是不是都这样,看到苗头欣欣向荣,就以为种子会自己长成参天大树,又忙着播下另一个种子?人的心就会失去靶向,觉得自己能打好大一片天地?

她自己也有点这样。除了订单获益,也有好几个公司,想和剑小春合作。甚至有人直接给阿桑开条件,让她跳槽。朱总惜才,一次性奖励了阿桑5000元,并承诺日后还要嘉奖。

雨荷公司是最积极的,私下跟她联系了很多次。她还在犹豫。

一周后发生的事情果然如她所料。

南滨路上的饭局,雨荷公司的老总齐勉一直在夸耀自己的产品,珠宝玉器他都做,但是酒香也怕巷子深。他说既然白酒可以跟陶俑唱戏,那么白酒也可以和首饰搭台。"我们当然不会去争主角,但是也请阿桑小姐高抬贵手,也让陪房丫头嫁得光彩。"

重庆的夜景很美。她起身想透透气。

在滨海城市长大的阿桑对重庆的夜晚情有所钟。她喜欢这里的江清月白、渔火浮天,让她有似家非家的感觉。南滨路的灯光绵长无边,像今夜没讲透的话,时明时晦,穿过长江大桥,留下无尽的黑,让人迷惑。好在长江大桥的光影灿烂地倒映在水中,就像不久前光彩亮相的剑小春发布会,这个城市的商企都在谈论它、称赞它。

在这样的环境里,阿桑有种前途唾手可得的幻觉。

雨荷公司的总经理助理王微微在洗手间里悄悄对她说了,他们老板对陶俑这种创意很感兴趣,希望阿桑可以加盟,来帮他们的饰品做一些噱头。雨荷公司的饰品多是玉器珍珠什么的,这次来参加了剑小春的发布会,对策划评价很高。当着朱总的面,齐勉对阿桑颇有赞词,称她能干得力,还满脸虔诚地说要多学习学习。私下他还给了她一串石榴石项链作为见面礼。

这是一个崭新的开始,还是一个无妄的障碍?阿桑有些迷惑。

"我们对老艺人很尊重,如果实在有困难请不动,也请阿桑小姐给

■ 石燕

我们支支招儿,讲讲你们是怎么说服他的,我们也好学习一二。"齐勉很谦逊,"玉器和白酒搁在一块,不瞒你说,确实让你很为难,也让我们销售很为难。所以如果这位大师能够帮我们包装下,比如把玉器放在什么展销会或拍卖会上走一遭,上上电视什么的,别人想恶意压价也不能了。"说完他哈哈笑起来。

"艺术品是怎么抬高价位的,我们都知道,关键是你们朱总,"齐勉指指脑袋,"转不过来,我可以让他入股的。对了,我新收购了几块石燕,倾城倾国。"

阿桑眼睛一亮。

"要是阿桑小姐和华绵老师能帮我们共同策划一下……"齐勉继续劝解。

阿桑沉吟了下:"策划不敢当,以齐总的才华,我们只是小巫见大巫。"

"价格不是问题。"齐勉说,"把你们陶俑那套思维拿来改改就行。"

"就说我们的剑小春陶俑吧,说简单也简单,多跑跑图书馆,找找资料,摸摸线索,量身定做而已。"阿桑半推半应。

"其实执行力更重要。"齐勉说,"考虑下?一共做下来也有小二十万。"

阿桑警觉起来。

"什么时候有机会阿桑小姐带我去拜访一下？"

"老头子脾气很怪的，再说，他那地方一般人都不适应。"

齐勉露出好奇的神色："怎么了？"

"像墓地。"阿桑笑起来，"像你们这些生意人，最讲究风水的，还是少去为妙。"

"我还偏偏喜欢这种地方。"齐勉哈哈地笑起来，"知道为什么？因为聚财。"

## 九

"儒文化"项目的草拟方案几天后被扔在了阿桑的办公桌上。"好好改改。"朱总抄着手。

是关于石燕的投资方案书，剑小春和雨荷公司合作。阿桑傻眼了。齐勉这个老狐狸，一直在双管齐下。"这是怎么回事？"

"文化创意利润是少，但有政策扶持，前景远大。"朱总说，"齐勉那边已经找到可靠的开采地，资源不愁，主要是如何打开销量。"

"我们从来没有涉及这一块啊。"阿桑不服气，"我们一直在做白酒。"

"让华绵再找几个人，加入我们的智囊团，我们出创意，干股。你看看还能不能改改，让我们占到四成。"

"我听说一些地方博物馆在收购这种东西，这样的东西很稀少，要是成规模,成批量,很难辨别真假。"阿桑想起自己家里还有华绵给的石燕。"而且石燕也是一种中药材,有的大药房也有卖。"

"齐勉那边也认识几个全国收藏协会的,再打听打听。"

阿桑沉默着。

"先把这个项目做起来再说,反正我们也不会太亏,是吧?就是你要辛苦点。"朱总看穿了阿桑的心思。

十

那个季节,各地不是这里遭遇洪水、泥石流,就是那里台风登陆,家园被毁,想做慈善处处有机会。阿桑对齐勉货物的来源没信心,不过她还是提议,将这个产品作为公益事业,进行推广,比如捐赠给当地博物馆,或捐赠给一些受灾地区进行义卖。

可是这些石燕怎么来鉴定真伪呢?阿桑不敢贸然找华绵来鉴定,朱总还想拉他入伙呢。

阿桑在齐勉的办公室里看见的那几个石燕,和华绵赠她那枚差不多。

"这石燕是一些沿江流域的图腾。"阿桑小心地说,"量少。如果大规模出现,会不会惹事?"阿桑把做假的担忧隐藏在话中。

"图腾?"齐勉不屑,"你知道石燕是怎么回事吗?据《唐本草》记载,这灵物主产于湖南、广西、四川、山西、江西,浙江亦产。具体的地域呢,从历史文献来看,只要是靠近江边的地方,气候忽冷忽热,就会出现石燕。"他接着说,"石燕会飞,不是传说。那是在崖壁经过烈日暴晒后,这些石头质地变脆,一遇上大雨,便都掉下来,落在地面上,是热胀冷缩的道理。你知道这个道理后,它就没那么神秘了。它其实就是碳酸钙,可入中药,清热利尿。就像水晶、宝石一样,现在科技这么发达,也是可以人工培植的。天然的,只有千年等一回了。"他用了一个夸张的表情。

"这么说,这几枚都是人工的了?"阿桑摩挲着石燕表面的沟壑,这经年的风雨痕迹若成为商品社会里的伎俩,实在让人难过。

"人工培育,需要市场,否则,人工和天然的价值等同,那还捣鼓个什么劲儿?"齐勉滔滔不绝,"现在是商品社会,瞄得准目标,狠得下手。我这是弘扬中华文明,石燕这种都快消失了的东西应该被好好开发、传承。现在的人有几个知道那些失传了的宝贝?都忙着挣钱、算计、穷忙去了,伟大的中国文化遗产被忽略了!我们应该有这种担当,知道吗?小姑娘,过程不重要,结果不重要,我们做生意,也是讲情怀的。当然了,为了拿下这批货,自然是费了不少周章。大家说文化市场不景气,那是没找对路子。如果石燕操作成功,我这里还有好多宝贝,都能搭同一条船。五岳图见过吗?"齐勉拉开抽屉,拿出一个装裱了的泛黄的地图。

"这就是古人的旅游地图。值钱呢。"他说,"还有这个,你看。"齐勉又掏出一个书生模样的青铜器,手执一灯具。

"这个是……?"

"书灯。"齐勉炫耀说,"没见过吧?老宝贝了。这里面放一根灯草,倒点油,古代的读书人就可以用来照明看书了。关键是看成色。"

"这个少见啊。"

"那当然,我收的东西必须要少见。"他露出商人的惯用笑脸。

阿桑凑近的时候,注意到办公桌上有几颗光洁的石头被散放在一旁。

"做我们这一行就是要让豆腐卖到肉价钱。"齐勉说,"对了,什么时候让我去拜访下华绵大师?正好我有几个收藏协会的朋友要聚聚。一起谋划谋划。"

## 十一

"鼎香居"位于沙中路。店主说白居易曾在此驻留,斗转星移,若干年后,子孙们认祖思宗,就有了这样一个食店。

"这都是你们这帮人干的事。"华绵碰碰阿桑的胳膊。

"和我有什么关系?"

"这是另一个版本的剑小春和陶俑的故事。"华绵戏谑。

这一行有 10 个人,除了阿桑,他都不认识,不过刚才在店外,互相都介绍过,谁是文物鉴定专业委员会首席鉴定专家,谁是全国收藏协会会员,谁又是国家收储协会玉文化协会顾问,高帽子人人一顶,德高望重。

"这都是我们的智囊团。"齐勉说,"我的一批石燕近来准备以'为云南抗震救灾'的名义进行义拍。苏老师可以为我们弄到鉴定资格证。"

苏老师胡须冉冉,气定神闲,一种理所当然之意。

"你知道有些博物馆在职的人是不便出面的,其实我们要找的就是您这种退休老前辈,又有专业,又有江湖情谊。"齐勉谄笑着对华绵说。

"我可不懂什么江湖事情。"

"对了,听说保育院联谊会要开始了,我们可以进行赞助,对家国文化也是一种很好的提升。"阿桑说道。

华绵埋头喝茶,心想阿桑多嘴。

"这是一个好提议,"席中立即有人附议,"对家国命运,对雨荷公司都有益。"

齐勉笑眯眯地望着华绵,等待他的态度。

"捐赠这种事情跟下棋差不多,要通盘考虑,"阿桑连忙救驾,"见招拆招意义不大。轻重缓急很重要。比如我们近期有一个大的捐赠活动,其余的根据情况而定,并不需要每次公益活动都参加,我们毕竟不是慈善家。"

"阿桑女士的话有道理,我们不妨主攻保育院联谊的事,联系地方媒体进行轰炸式报道,对各方面都非常有利,而且就在本地。"国家收储协会玉文化协会顾问说。

"我们看过剑小春和陶俑的搭配,非常完美。"其中一个人赞叹,"会这种手艺的那可是稀世人才啊,要以假乱真,还真是没几个人看得出来。"

"对了,华绵老师熟悉很多手艺人吧,有些产品你知道了,需要做一些微调,希望能够助我们一臂之力。"齐勉说。

"我倒是认识几个,不过手艺生涩了,上了年纪,这事还要年富力强的人来做。"其中一个说道。

华绵把舌头尖的茶叶抿了出来,在手指间捏搓,"这是什么沉渣?"他头也不抬地问。

周围的空气都安静了,只听见汤锅里咕噜噜的冒泡声。

"儒文化这个项目其实是剑小春和雨荷我们两家联合弄的,华绵老师要是有兴趣,希望可以加盟。"

"文化我是不太懂的,技术性的东西略知一二。"他拉长声调说。

"文化就是一件衣服,关键看谁穿,会穿的人就穿得好看,不会穿的就是糟蹋,甚至还穿得邋遢。"齐勉大笑着附和,"来,我敬各位老师一杯。"

酒过三巡,众人散去。齐勉在后面拉了华绵一下:"明天在办公室恭候大驾,一叙鉴定之道。"

## 十二

"什么?齐勉要占八成?那怎么行!"朱总冲阿桑发脾气,"我们的底线是占四成。"

"可是资金、货源都是雨荷出,我们只提供技术。"阿桑说。

"方案可以改啊,如果做不到,我们就撤,你不要管这件事情了。"朱总说,"公司里人手紧张,我调不出人来。"

"怎么办?"阿桑可怜兮兮地向华绵求救。她是脚踩跷跷板。

"树欲静而风不止。"华绵说,"打保育院的牌,我是不会点炮的,不过,他手眼通天,我也拦不了。这世道要做到独善其身,太难了。这么多年了,我没回过保育院当年的旧址,知道为什么吗?物是人非事事休。有些记忆还是不碰为好。"

阿桑摇摇头,她有种不祥的预感。

"其实保育院联谊会的事情我是无意中提到了。"阿桑辩解,"我怎么知道他有这样的想法?他收藏那些东西奇奇怪怪,看上去不值什么钱,但总有神秘的大买主。"

华绵点点头,那天应约去齐勉办公室,参观了他的一些藏品,他就知道了,这是个二道贩子,古玩界的捎客。这种倒买倒卖的皮包公司和剑小春做真家伙的,还真不是一路人。不知道怎么朱源泉就被忽悠进去了,这个"儒文化"的项目,不靠谱。

"文化这种东西,可虚可实,你们就老老实实卖酒好了,那是看得见摸得着的产品,何苦跟齐勉他们掺和呢?"华绵说。

"诗酒不分家。其实,文化项目也是朱总的项目之一,也许机缘巧合,市里特别重视,朱总也想捣鼓一点文化创意产业什么的,可以得到更多的扶持。比如以后打造一个文化产业园,有酒,有古玩,在重庆还没有一家做这个事情。"阿桑说,"上次副市长来了,提到要支持民营企业。"

形势比人强,华绵不知如何作答。

"朱总是个特别能把握商机的人,这一点从剑小春那儿就能看出来,所以,我还是相信他。"阿桑若有所思地说。

## 十三

八月蝉噪过后,火云映天的傍晚渐渐多了起来,这样的云天常常让人有一时半刻的沉醉,凝望之时,以为美好的日子就在眼前,果然,九月刚过了一周,战时保育院联谊会便在求精中学郑重其事地举行了。

这也是华绵的母校。好多六七十岁的老头老太聚集在学校礼堂的一隅,像成坑的出土俑,密密匝匝,要好一番盘点工作。华绵想,自己在他们眼中也差不多,顿时好笑。

华绵自报姓名后,张秘书长十分殷勤,握着他的手久久不放。

"你就是华绵老师,百闻不如一见啊。十分感谢你的慈善行为,你的这种义举,让我们保育院十分受益。"华绵丈二和尚摸不着头脑,以为张秘书长对谁都是这么热情有余。

"我们纪念馆的筹备工作得到了全国乃至海外人士的关注,"张秘书长近身说,"您捐赠来的这批石燕和玉器完好无损,十分珍贵。到时候,我们会给一批荣誉校友颁奖的,你也名列其中。"张秘书压低声音。

"什么石燕、玉器?"

"上周就快递到货了。"张秘书长嘿嘿一笑。

华绵脑子里飞快地转起来。

"哪里发来的货?"

"嗯,发货地址是雨荷文化有限公司。"

华绵重复了一遍,严肃道:"你弄错了,我从来没有捐赠过什么东西给你们。你应该问清楚雨荷公司,别弄错了,而且古玩这种东西可大可小,你们千万别上当了。"

"什么意思?"张秘书长愣在那里,旁边的工作人员也不明就里。

华绵撇开他,有些生气,他坐在人群中,一句话也不想说。

那些老年人互相都很客气,询问着对方的姓名和年级。

华绵想了下,又走到张秘书长处,说:"你最好把那些东西原物邮寄回去,那不是我捐赠的。"

"是吗?"张秘书长半信半疑。

"出了事,大家都负不起责任。"

"能出什么事?"话音刚落,华绵和张秘书长扭头一看,一个三十八九的男人站在他面前,还有阿桑。

"你们怎么来了?"华绵问。

"华老师,这是我们的项目之一。请你不要拒绝我们的一番好意。"朱源泉说。

"什么意思?"

"这是我们跟雨荷公司购买的古玩,要建战时保育院纪念馆需要很多物资,我们只是尽一点绵薄之力。没有提前告知你,是想给你一个惊喜,如果你觉得有损你的名誉,就写我的大名吧,剑小春总经理朱源泉捐赠。"

华绵发怵。

"我们为什么今天会来?我来回答你的问题。自从剑小春和陶俑联姻之后,我决定要把酒文化做大,所以,阿桑是来学习的,听听你们的故事,融合到我们的创意中,让我们的项目更有人情味。"

"原来是误会。"张秘书长及时见风使舵,"里面坐里面坐,来的都是客。"张秘书长忙招呼手下人上茶,听闻有人募捐,热情还来不及。

阿桑陪朱总巡走了一圈,慰问了几个老年人,并给本次联谊会送来了20瓶剑小春,聊表敬意。做完一系列场面后,朱源泉就走了。剩下阿桑在现场见机行事。

台上,保育生各自在深情回忆往事。

一个78岁的保育生很激动,一边咳嗽一边声嘶力竭:"我们住的是座庙子,很大,大庙堂是我们的教室,小庙堂是寝室,塑神像的殿堂当食堂,庙外的空地就是操场……那时保育院的生活很不错,能进保育院里的人都很幸福,但其实'妈妈'们任务很重,要做饭,要保障我们的安全,还要四处找人募捐,解决我们的吃穿。当时我们太小,不懂事,"老头说着啜泣起来,"给'妈妈'们添了不少麻烦。我好想再叫一声妈妈。"旁边几个老人跟着抹泪。

华绵打了一个哈欠,旁边走来一个外形俊俏的老太太,举手投间足有种腔调。

"她是市歌剧院的演员金玉老师。"张秘书长过来介绍,"这是保林博物馆的考古学者华绵。"

两人友好地握握手。

"我是合川保育院的,很多歌乐山保育院的女孩子后来都到合川保育院来了。"老太太很健谈,"父母在我9岁时就去世了,是伯妈把我送进保育院的。我印象最深的是下山劳动。一群孩子你一袋我一包地把米从磁器口搬上歌乐山,没有口袋,我们就把裤口打上结来做口袋……你呢,你等会准备讲什么?"

华绵愣了一下。

"保育院出来的孩子也是参差不齐的,我们要做一个好的表率。"

"是的,做一个好的表率。"华绵笑笑,她应该是个好演员,但是没看过她的演出,他有点难为情。

"过不了几年,我们都得进养老院,听说歌乐山的养老院很多。"

"不清楚。"华绵答非所问,"毕业后,我进了求精中学。"

"这也是你的母校?"金玉立即羡慕地说,"当年可是要干部子女才能进的。"

"阴差阳错。"华绵毕业后,托老师找到了父亲所在部队的杜参谋,联系上了求精中学的校长,后来才入校。

老太太感叹:"我们还算是幸运的,多少孩子在战乱中死了。"

"能参加这个会的,都还是生活得不错的。"华绵说,"还是很多没来参加这个会的,他们才是该真正关心的人。"

老太太盯着他:"我的几个女儿都很争气。有两个在银行工作,有两个在石油系统。"她有种不言而喻的自得,那是被常年的恭维宠惯了的自得。

华绵点点头,对于子女,他不爱攀比,也无话可说。"当年读求精中学的也不全是孤儿,有的孩子还有父母,住读那会儿,同学一起,围在水池边,哭,想家,我看着他们却怎么也落不下泪来。"

老太太认真地听华绵讲,似乎想要找出一点什么来安慰他。

"那个时候,我们的心就被战争搞硬了。"华绵带几分坏心眼,想摘下演员同志的面具,说,"比如现在,我和儿子的关系一直不怎么好。"

"儿子总是要独立些的。"老太太若有所思。

"儿女都不是你的。"他说。

老太太也陷入了沉默。

人人都拣好看的那一面穿。华绵想,并不是谁都能像自己一样坦然面对亲子关系中的隔阂,大家坐在这里感恩戴德,谈劫后余生,余生里的旮旯旯不扒开比一比。全都虚晃花招。

他们的谈话渐渐进入尴尬的状态。坐了一会儿,又有其他人来跟老太太说话,提起她曾经出演过的剧目,留下华绵一个人坐在那里。

每个人都迫不及待地要告诉彼此,自己过得很好,华绵努努嘴,就像对着自己工坊里的残破石器一样,倍感茫然。

一片嘈杂与兴奋之后,联谊会正式开始时已经是上午10点了,张秘书长宣布了此次联谊会的目的。一来是为了抗战六十周年的纪念活动;二来打算把这些风烛残年的战时保育院的学生聚集在一起,征集意见和收集资料,做一个战时保育院的纪念馆,出史料专著,以弥补历史之憾,所以现场也有不少工作人员,拿着笔和纸,见缝插针地和老太太老头聊天、采访。

张秘书长讲完话后,请两个代表说了下自己在战时保育院的情况,就问有没有人愿意主动发言。很多人都踊跃举手,华绵本来不想说话的,但看见这种情况,不知为何,也立即举手。

■ 石燕

■ 048

"好,就是你。"张秘书长请华绵上台来,"这是保林博物馆工作的考古专家华绵,"他热情地介绍华绵的情况,"他曾是在歌乐山保育院长大的孩子,后来考入了求精中学,工作以后为我国考古事业做出了卓越的贡献。"

华绵踩着一片持续而热烈的掌声上前,步伐是柔软的、空洞的,好像马上要跌落。他突然想起了过去来保育院参观的那些达官贵人,他们上台演讲时的氛围也是如此,他们的脸上写着救亡图存,那种盲目的热情推动着台上和台下的人,这种感觉很快替代了刚刚的不适,他清清嗓子,回到预先的发言轨道:"我在歌乐山保育院的时候,躲避了战争,保全了生命,这是我一生最感恩的地方,不过感恩之余还有一件让我感怀的事情,一直到现在都没有寻找到答案。"他感到下面全安静了。

"罗家墓地——因为它,我才走上了今天的工作岗位,与考古结下了不解之缘。但是也埋下了最初的痛。"他郑重地说,"1945年,我和几个保育院的同学无意中发现了这块墓地,还有里面的葬品,当年我很淘气,私下拿了随葬的镜子,后来才知道那是很有史学价值的文物,不过很可惜,后来被老师发现了,没收了,我现在还记得那块墓碑。里面有多少东西,现在已经无从知道,当年的青年也已经作古,大轰炸的时候,估计也被炸毁了。"

下面想起了嘈杂和唏嘘声。华绵看见一些人在交头接耳。

人生走到这步,若不能说点实话,还有什么意义?他脑子里涌现出巫峡湍流的河面,石燕在逆光下,闷热难耐,一场大雨随时可能降临。

"谢谢,谢谢华绵老师的精彩分享,我们有请下一位——"张秘书长及时地出现在讲台上,礼貌周到地请他下去。

"我也是歌乐山保育院的。"有个老头凑过来,笑嘻嘻地说,"你刚才讲得很好。我姓吴,我是前天从湖南过来的,我在保育院生活了7年。"老头说,"你看我这手。"

华绵看了看,老皮纵横,全是红疤。

"歌乐山冬天冷,雪多,这些冻疮都是那时留下的。住房潮湿,蚊子、臭虫很多,头上和身上经常都长虱子。你记不记得有一年儿童节,我们步行到一个军人的官邸做客,我们吃了糖果,喝了柠檬茶,还第一次看了一部美国的彩色卡通电影。"

"你比我的运气好。"华绵说,歌乐山下雪的时候,他们都不许外出,只能在院子里打雪仗。

"我1946年离开了保育院。"

"我比你晚几年。"

两人拉扯着保育院的家常。小礼堂内阴凉阴凉的,不断地有人走上前台讲述在保育院的难忘生活。几个老式的吊扇还在呼呼作响。爬山虎的枝叶从窗户外伸了进来,蜿蜒悬垂,根深蒂固似的,华绵觉得

■ 石燕

手心手背都是冷汗。

阿桑悄无声息地来到华绵身边。

"其实这次募捐是我们'儒文化'项目的内容之一,没有提前向你汇报,还望领导见谅。"阿桑半认真半玩笑地说道。

"你的领导已经走了。"华绵望望左右,示意她收起这副嘴脸。

"看来领导还在生气,我只好厚着脸皮留下跟领导做深度解释。"阿桑继续讨好。

华绵心里早已没了气,但嘴上仍不缓和:"这是个严肃的场合。"

"我当然知道。很多老人给我灵感,让我更深入地思考我们'儒文化'还有什么发展路径。"她睃了眼华绵,他只是望着台上。

"不如你陪我去参观下你的母校,讲讲你的情缘,我的思路也会发散得更好。"

"这里很多故事,是你这个年代的小孩不能理解的。"

阿桑也不跟他绕圈子了,直入主题:"好吧,我们确实是购买了雨荷的产品,成本价,给你交个底,我们希望通过这种方式能占有更多的股份。赞助保育院联谊会,这点资金是根本不够的,现在只是牛刀小试。"

华绵狐疑地看着她。

"就像你说的,文化这东西是无价之宝,价格可高可低,关键是看用在什么场合,对不对?今天本来是想帮你做个顺水人情,既然你不需要,也没关系,我们是打了你的招牌,这不对,作为补偿,你可以提要求。"阿桑的口气软了下来,"我们曾有合作,这个是抹不掉的。剑小春与陶俑的报道我赠了一份给张秘书,他对这创意很感兴趣,也乐意接受我们的资助。你知道,公益事情就是要广而告之,广结善缘,就可以利人利己,对不对?"

华绵站起来,有些尿急,人老了就是这样,连小便都控制不了。他有些仓促地跟阿桑挥手暂别,求精中学校园的设计还依然维持旧貌,他记得过去在小礼堂的南边有一个厕所,不如去那里。可是,他现在位于教室的东南角,他要么抄近路,横穿过整个礼堂,要么从后边绕行,路远点,不用大张旗鼓,真是为难。

"华老师,怎么样,联谊会不错吧?"张秘书长走过来,笑眯眯道,我们刚才和几个委员商量了下,准备在接下来的一个月里,开一个小型的核心会议,在9月3日日本投降纪念日前后组织大家前去参观旧地。到时也邀请你参加。旧地虽然不存在了,但是回忆还在,苦难也需要铭记,我们也邀请专家就建馆方面提一些确切的方案。对了,雨荷公司刚来电话了,愿意对我们的建馆进行资助。

"很好啊,祝贺。"华绵看看张秘书长又看看不远处的阿桑,他们笑着,好像同时对他亮出了刀。

在爬山虎缓爬的间隙,他看见吴老头花白的头发影影绰绰,活着,就像他说的那样,只要能活着,其他什么都不重要。

## 十四

"我已经联系了一个合资工厂,在彭水县。下周去面试。"儿子果然是辞职了,并且已经辞职两个月了。他来找父亲借点钱用。"面试,要买一套好点的西装。"儿子是学机械工程的。然而重庆的重工业已经开始衰败,儿子觉得自己始终是个技术工人,在这个新兴城市的底层徘徊。

"大热天穿什么西装。"华绵说,他给了儿子 500 元,让他去租一套。"写个借条。"一切都来之不易,他要儿子知道。

这世界没什么可安慰的,亲人都是讨债的,唯有那堆石器,没有任何诉求,与世无争,与人为安。华绵凝视着夜晚中的石燕,影影绰绰,那巴掌大的身躯里,凝聚着雄浑的力量,沉稳或热烈?

这个时代已经不需要它了,旱涝与它无关,丰歉与它无关,热胀冷缩的道理人人皆知。它已经被科学这把手术刀剖析得生硬、冷淡,就像这个夜晚。华绵盯着它,默默无言。它唯一的身份就是商品,就像华绵自己一样,随时出卖自己,脱去博物馆的外衣,他什么都不是,他只是一个老人,凭着一门手艺吃饭的老人而已。而现在,石燕和他,都成了待价而沽的商品,他们应该感谢这个时代吗?让快被遗忘的石燕和他都有了新的生机?

生机?良好的物质生活,还是名誉?他隐隐觉得难过,就像他不能阻止一场暴雨,暴雨让石燕肿胀,他不能阻止石燕"飞天",不能阻止它们碎裂,他什么都不能阻止,又不能全身而退。

那么,把石燕捐赠给保育院纪念馆,是最好的归宿吗?它们没有像恐龙那样灭绝,他们有了新的食物链。传承文明?见鬼,都是些骗人的鬼话。到底是文明需要它们还是它们需要文明?这是一个逻辑怪圈,华绵感到头晕,他理不清。

他闭上眼睛,把暮尘缓缓地吸入鼻内,夜晚清浅,银河落在河里,流水汤汤,残露滴落在松梢,一只石燕是珍稀的,一群石燕是凌厉的。它们扑棱棱地掠过华绵的头顶。

"我们不想回去,我们就爱在峡谷。"它们的翅膀发出呼呼的声音。

它们收起翅膀的时候,就跟人差不多,在悬棺附近踱着脚步,交头接耳,像袖珍企鹅,华绵觉得它们的样子有些憨憨的。巫山这地方到处都是悬棺,原来它们就藏身在这里。

长出一双翅膀需要多大的力气,华绵想着,觉得肩膀异常疼痛,任何东西要从体内长出来都会很痛,还好,这对翅膀长得很快,有些沉,但勉强可以飞起来,这种飞翔比攀缘快不了多少,但是至少可以和它们一样。黑压压地俯冲,平行滑翔,他混迹在石燕之中。

"把我们整车整箱地运走,是要断送我们的子孙后代!"

"人不敬神,神不敬人。"

"奸细!"华绵突然感到自己被石燕围攻,黑压压的翅膀向他扑扇过来,"他是个假的,弄死他!"华绵把自己的翅膀围过来,但是只感到刺骨的疼痛。他啊呀呀地叫了起来:"不关我的事。"

他从椅子掉落到了地板上,如此混沌着在工坊里度过了一晚,已是家常便饭,他已经习惯了这样的生活和睡眠。可是这样的掉落极少发生,他心生后怕地想着刚才的梦境。在每一次要做重大决定的时候,他都这样度过。

有个混沌不清的想法在他脑子里蹦出来,肩膀还在隐隐作痛。天光慢慢打开,整夜未眠的负面效应在早上 8 点时发挥:视线不清,前言不搭后语,他咬紧牙关,强迫自己清醒些。

剑小春公司在银座大楼。15 楼到了,"剑小春"几个字跃入眼帘时,华绵感到肩膀一阵酸痛,他趁前台没注意的时候跑了进去,总经理室空空如也,总经理助理的办公室也没人,他听见会议室有声音,推开门,朱源泉、阿桑等人正在里面开会。

"朱源泉!"华绵只觉黑压压的人群一齐倒向他,像石燕的翅膀,遮蔽了光亮,他迎面而上,好不容易才把头从密不透风的石片中探出来,"那些石燕不能捐赠给保育院,会出事的。"

"出什么事?"

"它们是神灵。"他自顾自地说,"不要利用它们。千万不要。"

"利用也是一种保护。换一个环境可以让它焕发新生。"

"人不敬神,神不敬人。"他挥舞着双手,极力陈述,却因为重心不稳打翻了桌上的水杯。

"别激动,别激动。"他听见有谁的声音在劝和,推动他快速表达的力量却越来越大。

从绿幕玻璃看出去,白蒙蒙的一个冬天,混沌无为,一朵富贵金菊泼辣地在朱源泉的鼻头上绽放,指尖传来一阵如锥刺般的疼,迅速扩散到脑部,会议室的陈列柜里,里面的陶俑,跟着蹦起来,落在地上,桌上,来给华绵助威。看见那些石燕簌簌地扑向他,啄着他的头。手上的疼从指尖传来,原来自己还是有力量的,并不像梦中那样欲举无力,华绵又挥了过去,朱源泉一个趔趄,撞到了陈列柜,里面的陶俑蹦了起来,沉沉地落在地上,碎掉了。

"保安——保安——"不知谁叫了起来。

"不能那么干!"华绵声嘶力竭,他看见朱源泉躲着他,华绵唯恐他的耳朵不够伶俐。他说那些石燕都是有着神秘力量的东西,不能冒犯,批量生产是犯大忌的。会遭报应的!

"保安——保安——"还有人在继续叫。

有很多胳膊在空中飞舞,蕨草伸向天空,石燕像蚂蟥一样齐刷刷飞向天,三峡的悬崖壁一块块地垮落下来,暴雨不停,浇不灭炮火,无数模糊的声音在耳边喊开,跑,不停地跑,尘土飞扬,华绵闭上眼睛,他听见自己胸腔里传出稀里哗啦的哭泣声。

## 十五

冬天的凄惶是从一天天的不易察觉的低温开始的。所有的生命都被冻住了,挂在树上,凝在地上,只剩下安静。

没有什么人来找华绵干活。电话三天也响不了一个。他独自一人上街、逛超市,偶尔也去古玩市场转转,但并不和谁说话,奇怪的是,也没有人主动与他攀谈。他好像一个静默的石器,漫无边际地在这个城市里做流动型展览,晚上,又流回到自己的陈列室。

自从打架事件后,博物馆劝其提前退休。他在家里待了两个月了,原以为不习惯的日子竟然也熬过来了。被博物馆提前退休,虽然是意料中的事,但还是让人不太愉快。他向往的安静,渐渐蒙上了一层落寞。工坊里的石器们一如既往地恬淡自处,华绵开了一盏工作灯,又用红布将它包住,房间里发出晦暗的光。睡在床下的一个70厘米长的陶俑,已经在那里卧了若干年。原本是断成了三块的身体,被拼接在了一起,立起来就像个小孩般,其实那是一尊武士身着短衣,足蹬草鞋,一手持剑,一手执盾,笑容可掬,满脸和善,全无威严之感,华绵一直觉得他像个家丁,而不是卖家说的职业军人。立了没几天,他便睡下了。那个几百块收来的东西就一直这么睡着。

石燕,也是睡着的。华绵小心翼翼地把它们放到灯下,过去,它们是受人尊敬的。

油墨沾手:"石燕,山石其形,似燕,大小如一,每山雨即颉颃飞翔。《太平御览》。"

石燕不独巫山才有。湖南、广西、四川、山西、江西都产过石燕。附石而生,状如海物,中瓦垄每逢下雨则迸出堕地。

"珍惜万物,便能取悦万物之神。"华绵快速地把它们在清水中滤过一遭,这横方形的什物,两翼不太对称,两侧延伸入鹰翼,壳面有粗强的放射状褶线。他小心地用棉布吸出其中的水分,土黄色的两翼带祥和之光。凑近鼻下,能嗅到一股淡淡的甘味。

灵物。

他能想象出暴雨中的石燕,浸润之时,那种酣畅淋漓,又略带痛苦地奔离。如山气化云,石燕并不神秘,它无非是几亿年前的一种古脊椎动物化石,是向往天空,还是渴望大河,这些无望的梦想如此诱人。暴晒后的石头长出了灵性,虬枝老藤,盘结危石依附悬崖,江风清水中,观村夫娌妇的调笑,看筏子穿梭,风雨无常,自己也变得无常。

清洁石燕,总是让他心生敬畏。"巴山高,巴山低,高者望天雨,低者赖堰溪……"闭上眼睛,潮湿的峡风来来回回。年复一年,华绵没完没了地游走,脱掉了几层皮,唯有骨架越发瓷实,他攀爬上崖,找寻石壁上的裂缝,画下记号。

整个石壁都是石燕。他应该顺流而下,去湖南、江西,看看那里的石燕。有个叫杜绾的宋代人,和他一起,跋涉高岩,用笔记录,写下了

■ 石燕

关于石燕的著述。

阿桑给他打过好几个电话,都无人接听,就自己跑上门去。她看见华绵在工坊里半歪着头坐着,没声息,好像在打盹,又好像睁着眼睛。

儿子也有一搭无一搭地瞅瞅。其实也没什么话说,除了检查下冰箱里的物资,儿子大部分时间是盯着阳台外的。看样子也没什么事,他心想,有点白跑一趟的感觉。

"你爸的状态不太好,你经常去看看他,他需要亲人陪伴,"阿桑在电话里多次嘱咐华绵儿子华小超,怕他不肯去,又补了一句,"他有一点老年痴呆的前兆。"这俩年轻人见过一次面,是在华绵暴打朱总事后,她详细地告诉了他父亲与剑小春合作的事宜。

华小超只是事不关己地听着,就像在听着别人的故事。没有出现阿桑担心的某种愤怒或怀疑,他对这个世界的理解还有限,她松了一口气,他很瘦,像青春期发育过猛的孩子,光蹿个,忘记了长肉,手指长,关节粗大,但就是浑身不扎根似的,在大地上飘来飘去。这种小孩,任谁跟他说什么,都是无关痛痒的,即使是自己的事,也一样。从这一点上看,华绵父子倒真是亲生的。阿桑想。他只比自己小4岁,却像隔了一代。

仙客来的红叶越来越多,深玫色的,掩盖了它衰老的部分,华小超把它们搬到了阳台,他跟父亲说,让它们晒晒太阳,发生点光合作用。

然后他就一直矗立在阳台。他避免看父亲的脸、眼神,他害怕那种亲情的探询,害怕自己突然就手足无措,他们要互相客气,才不会彼此伤害。

挨上半小时或一小时就可以离开。半个月后再来一次,华小超想,半个月,他应该不会突然死掉。工作的事情还没有完全定下来,都不太理想,他不想去大工厂,虽然长安汽车公司已经通知他到岗了,但是,他觉得和以前的工作没有两样,都是一颗螺丝钉干到老。他念的是机械系,在这个日渐衰老的重工业城市,这门专业的就业率江河日下,他不想一辈子做个技工,他不善言辞,可是也不要做个技工,高级技工。

落日余晖,踏着黄桷树的余荫,黄昏下的行人多了起来,《仙剑奇侠传四》的海报贴在中福网吧的门口,华小超扫了一眼,便进去了。

家里的石器还真不少,东一旮旯西一角的,华绵发现越整理越多,好像源源不断地生长起来。窑碗搁在厨房里多少年了,自己都忘了,妻子什么时候拿它去装姜蒜的,用厚厚的沙土掩着,沉甸甸的,他也想不起来,又搁回了原处。这是当年临淄博物馆的宋博物员给送的。他们还一块结伴去挖过钱币。后来不知怎的都没有了音讯。

他又陆陆续续翻出了鼎、铜盆、铜鬲、春鸟戏花青花大罐……但是家里最多的还是俑。一枚白陶武士俑,头戴虎皮帽,身披虎头护甲,一手挥臂,一手抚腰,双目圆瞪,趑趄向前的样子。多好的岁月,都流淌

■ 石燕

在这些俑身上了。华绵感到心里有种祥和,那些快乐满足的光阴像细雨似的,点点滴滴浸在了他脸颊上。

元旦过完了。整个城市像脱掉旧衣,踏着迈向欣欣向荣的步伐,到处都播放着弥漫春天气息的歌曲,出租车、超市、广场,闹个不停,红灯笼和彩旗也漫天张罗,《新闻联播》里也日日夜夜地报道人民储备过节的消息,年,就要来了。华绵也开始出去采购汤圆、醪糟、香肠,像到了另外一个地方去旅行,颇不适应。尤其是空气,清新但稀薄,让人呼吸不由自主地加快,心脏也躁动不安,这样的温度和湿度是不宜的,华绵每走几步,就会停下来,觉得自己像暴晒过度的陶俑,陶土簌簌掉落。但是春节还是要过的。

超市里挂着各种广告,无非是打折、减价,红色的字刺得人眼睛发痛,还有卖酒的,那些悬挂在商场中的广告都是千篇一律,青花瓷的瓶装真没什么创意,排着队,慢慢地走近了,那几个字才清晰地出现在眼前——剑小春。直到他把那几个字念出来了,才意识到怎么回事。他转了头,才发现卖场里大多是剑小春的广告,但是它的旁边没有陶俑。

他终于挨到自己付款,拨开人群走出超市,大街上也是一派喧闹,广场上老年妇女们激情澎湃地挥舞着手脚,大音响里发出的旋律指挥着她们向上、向前、向左、向右,亮铮铮的银白色舞鞋,支撑着那些变形的肉身,婵娟到老大概就是如此吧,他心惊肉跳,夺路而逃。灯箱广告上也是剑小春,旁边没有陶俑。冬天清冷的路灯把道路照得荒凉,像无端泼下的冷水。华绵站在一个灯箱前发愣，呆呆地看着剑小春的青花瓷硕大的瓶身，通透、冰润。他的眼睛已经很不好了，光线刺得他流泪。他眨了眨眼，感到巫山的水哗啦啦流过，猿猴的手像爬行的藤一样伸过来，差点拂到了华绵的脸上。他转过头，发现天色向晚，暴雨将至，石燕簌簌往下掉，它们尖利的喙，齐刷刷地冲向他的虹膜。

"啊——"华绵应声而倒。

千崖竞秀，农舍掩映，山草繁茂，野花簇拥。那痛感仿佛一道幕帘缓缓拉开。

歌乐山幽静的健身步道，游人如织。白云浮玉之远，烟霞片片，群峰北向，翠霭深浓。一只扁舟架云而来，舟上是密密麻麻的石燕，幻人幻蝶，揖手相告。歌乐山的传奇，清音缭绕，铿锵有力，响彻九州："歌乐山会，仙乐飘飘，众仙相聚于此，春采百花为饮食，夏寻诸果作生涯……"

# 百万风景

一

10月1日起,"传奇"小区的东、南、西、北、正五个门挂出了白底红字的几个告示牌:

社会车辆和行人,一律不得入内

为了配合这几块牌子的庄重威严感,小区还特别增加了保安,严格督查大门电子钥匙的配置情况,无钥匙者一律不得入内。

艾云丽看见这个告示时,并没怎么在意。"不是要修六期吗?现在才卖了四期,这么早就装腔作势。"她一边为几个前来云丽卤菜摊的顾客切猪头肉,一边唠嗑。

但是下午,她就听到了几个老太婆和保安发生争执。谁都没有动手,但是剑拔弩张的情绪弥漫了整个凤尾社区,老太婆们还挡住了车道通行处,引发了20分钟的交通堵塞。

"这么说,我们以后都不能进去了?"晚上,艾云丽把这个消息带回家中时,艾云丽的父亲艾皖愤怒地说。

"原则上是这样。"艾云丽小声地说。

"欺人太甚!"艾皖有点气急败坏,在密不见光的六平方米的客厅里来回踱着步,"太不像话了!"他一会又停下来。"他们下午是怎么吵的?"他有些不甘心地问。

"你晃得我眼都花了。"艾云丽的母亲万东芳抱怨,"不去就不去,那又不是我们的小区,那是百万小区。"

艾云丽笑了起来:传奇小区的销售广告上就是这么说的,"传奇"楼盘,连城湖景,又称"百万小区",这个"百万",后来被人解读成并非价值百万的山水风景,而是一个户型要卖一百万元人民币以上。

两年过去了,父母在这个小区里进进出出了两年,没有下定决心买下它,现在它身价扶摇直上,成了百万楼盘,他们更不会买了。

"要去也不是没办法,"艾云丽说,"找人啦,做清洁啦……"

艾皖瞪了她一眼。

艾云丽耸耸肩:"是啊,不能每次都找这个理由,让人家开门。"

艾皖又踱了起来:"我每天都要去那里健身呢。"

"只有通过住户才能办理电子钥匙。"艾云丽瞄了一眼父亲,说,"要不买下房子,要不找个健身房。"

"现在卖多少钱?"

"九千起价。"

艾皖顿了下,胸有成竹地说:"它还会跌的。"

艾云丽心里哼了一声,不打算和父亲说了,他根本就没打算买这百万楼盘,若是百万楼盘不下这禁行令,恐怕他这一生都不需要再买房了。但是这"禁行令"是迟早的事,高档小区不都这么干吗?艾云丽默默叹了一口气。自己只有十万元存款,这十万元干什么都还差得远呢。

艾云丽一家是三年前才搬来凤尾社区的,过去在湾云村的地和房子都被征用了,政府一次性补偿了五十万元,让他们去城里自寻安居房。但是,安居房一时没有物色好,艾云丽一家只好先在这里暂住着。

按照父母的意思,花钱的日子还在后头,于是他们缩紧租房开支,选择了凤尾社区里凤尾路上的一个老居民楼,套内五十平方米的小两室,月租才三百元,家电齐配。

看看这价格,就知道凤尾社区不是什么高档社区。对了,这是一个背着街后巷里的社区,工龄三年以下的出租车司机都不知道的地方。更惨的是夏天,恶臭熏天,蝇蚊四窜——不知道哪一年哪个当政的,把本市的环卫车安置到了这个地方,从此环卫车和环卫车司机就在这里扎了根。楼上环卫车司机安居,楼下环卫车排排坐,上下班真方便。主干道是光鲜了,这后巷里臭了。凤尾社区的居民深受其害,聚众上访——凤尾社区不就成臭巷、垃圾巷了吗?再怎么背街,再怎么后巷,我们也是市中区的地盘啊。几番交涉后,政府出面协调,提出在离市区20公里的地方圈块地,安置这些环卫车,征求社会意见。环卫车司机不干了,一个都不愿去那地方,因为这就意味着他们必须举家迁往离城 20 公里的偏远之地。环卫车司机们派出代表谈判,若都迁往偏远之地,每天在路上耽误的时间,很可能是一两个钟头,而城市垃圾时不我待,后果不堪设想。一边谈判,一边消极怠工,拖着不清理每天几百吨城市垃圾,造成城市恶臭熏天……最后政府出面协调,"牺牲小我成全大我""没有真正的公平",这事就不了了之。治安嘛,更谈不上好,谁家门户被撬了,少了家电,短了现金,报案的也就报了,三百六十五日,日日再无下文。

但是,再臭的街道也要吃饭。搬来没多久,艾云丽就倒腾了一个流动的卤菜摊,卤猪耳朵、卤猪拱嘴、卤猪头肉、卤牛肉、卤豆干……色香味俱全地混杂在这恶臭飘飘的后巷之中。她的顾客不多,但稳定,老街坊老邻居十多年不都被这条街熏过来了吗?所以也不介意臭,没那么多挑剔,饭照吃,屎照拉,也没因此生疮害病。倒是艾云丽形单影只地坚持,被凤尾社区的人看在眼里,多了几分怜惜。

谁家训儿骂女时,往往说:"看看人家卖卤菜的,那才叫吃苦。"艾云丽并不觉得有多苦,因为价格实惠、客源稳定,每天都能卖掉二百来块的卤菜。除去成本,一个月还是能赚三千余元。听说和那些待在写字楼的收入不相上下,还能享受自由,离家近。她也坦然。

而且冬天无事,她还因此捡来一个寒假。

艾云丽的父母迁到凤尾社区后,也没再找其他工作,等着过几年领养老金。所以,最初一家人也还把这卤菜摊当个事业做。有时艾皖夫妇会起个大早，一起去菜市场买好足足一周的原材料，塞进冰箱，让艾云丽慢慢卤制，午后帮忙把摊位拾掇下去，在凤尾社区的凤尾路上占据一个好地段，剩下的切菜、卖菜、招呼生意就全靠艾云丽一个人了。

不咸不淡的日子过了一年多。

池塘生春草。一年后，"'传奇'楼盘，连城湖景，百万小区"这个硕大夸张的广告牌摇摇晃晃地升向凤尾路上枝枝蔓蔓的黄葛树时，艾云丽隐隐意识到有什么不同了。

"传奇"小区最先修建的是门面，这些门面正对着环卫车的停车处，凤尾社区的人每次经过时都摇头，谁来这地方开店，谁就是钱多了没处花。

此后，"传奇"小区的栋栋小高层以火箭速度拔地而起了。一期房竣工后，立刻修建小区绿化带、湖水、亭楼阁宇，城市中心能拥有这片湖景那可真是价值连城，不少看房人被它空旷的楼间距吸引，欢喜之余又猜疑这些空地会不会在未来几年被楼房占据，对开发商来说那可都是钱啊。

事实胜于雄辩。二期、三期……开足了马力，价格一个劲儿地往上蹿，绿化带、湖水、亭楼阁宇也在追加，"传奇"似乎就是铁了心要多造空地，多造风景，它要造一个让住户足不出户就可享受公园美景的小区。

■ 石燕

到"传奇"小区或考察或购房的人,络绎不绝。他们把车停在环卫车曾停放的那些地方,没有谁来撵过这些私家车,没有谁来贴罚单,环卫车也莫名其妙地不在了。

当意识到这个问题时,谣言也开始了,凤尾社区的人说,"传奇"财大气粗,把环卫车"买"走了。但不管怎样,这条街的恶臭得到很大的整治,凤尾社区的老居民也可以经常去"传奇"逛逛,欣赏它的连城湖景。那里有三个五百平方米的湖水,水草葱茏,碧波荡漾,一千平方米的草坪,丝丝软顺,以及若干亭楼阁榭;欧式风格的躺椅、圆桌,随处都是,纤尘不染。工作人员也委婉地鼓励他们,可以在此锻炼身体……

时常,他们也感到一些看房的人会目不转睛地看着自己,听着他们啧啧称赞:"这小区的户外健身搞得真不错。""在这里健身真是种享受。""这样的小区才是优质小区。"

艾皖夫妇天天往"传奇"小区那里跑。清晨、午后、傍晚,他们在小区或打太极,或做操,怡然自得。"搬来这里一年多了,这才算呼吸到了人间的空气。"傍晚回来,艾皖总这么说。

他们一点都不觉得自己当了"传奇"的活广告,凤尾社区像他们这样的人很多。他们想,无非是各取所需呗!

如此一来,去菜市场买便宜的原材料、拾掇摊位这些事就全落到艾云丽的肩上了。

"扶上马也送了一程,我们也不再帮你了,以后卤菜摊做好做坏都是你自己的事,你卖多少挣多少我们一分钱也不要,只要你每个月交六百元生活费就行了。"父亲艾皖说得句句在理,女儿艾云丽听得意味深长。

父母本来就不是做事的人,艾云丽知道,不然,他们早就该当机立断买房子或寻个事来做做。所谓帮她,也是扶一下倒掉的酱油瓶,开卤菜摊还是她自己的主意呢。"一人做事一人当。"话既已挑明,她倒有了一点踌躇满志的劲儿。

平日上午,艾云丽一人在自家厨房里做卤菜。她每天都会卤三分之一的新鲜卤菜,混搭在昨天没有卖完的卤菜中,使得自己的卤菜看上去十分丰盛,又新鲜。

"传奇"小区的业主也常来艾云丽的卤菜摊,她知道他们喜欢挑挑拣拣,但其实他们根本就看不出来,哪些是昨天卤的,哪些是今天卤的。不过她仍坚持每天都要卤一点新的,这样才能保证整体菜品的光泽度、鲜亮感。而且从实践中,艾云丽得出了经验:菜准备得越丰盛,就越好卖。

做完了所有的准备工作,下午4点钟,艾云丽的卤菜摊准时出现在凤尾社区110号楼下。110号楼下的道路利落,两旁的黄葛树没有旁逸斜出的枝丫,天光洒下来,好像生命突然在这里亮了,卤菜的香味变成一团一团的,向着天光处升腾,迎来送往的人都会在这里莫名地停留，那小小的卤菜摊竟成为温馨的驿站——只要有一个两个停下来，更多的人便会停下来。艾云丽一刀切下去，卤汁便顺着猪头肉流出来，那香味，还没闻着，就已看到，不用抬头，艾云丽都能听得见路人吞咽口水的声音。晚上7点钟的时候，母亲会过来替换她，艾云丽就趁这个时候回家匆匆吃饭，再匆匆赶来替母亲。之后，艾云丽的父母则会相约去"传奇"小区散步，最近，那里引进了天鹅，风吹湖水，涟漪翩翩。艾云丽咬着牙，独自一人扛过这最繁忙的时段，晚上9点收摊，归家。碰上夏季，她会延迟到晚上10点。

自从"传奇"小区入驻，艾云丽的生意好了不少，每天下午，除了老顾客外，从"传奇"小区里拥出大量的满身石灰浆的民工，成了艾云丽卤菜摊的座上客。"半斤猪头肉。""半斤耳朵。"……他们在艾云丽的卤肉摊前下单，咂摸嘴巴，摸出一张张钞票，让艾云丽忙得不亦乐乎。而且，老居民楼里也多了一些初涉社会的年轻人，他们是新来的租客，他们被中介带到这块渐热的片区居住，他们也成了艾云丽的摊位前的重要客源。

一个月下来，卤菜摊的净利润有五千，很快，她攒够了十万元，她小心翼翼地把它们存进了银行。照这个趋势下去，她想着，过几年她就可以租个门面，开一个超市。

"传奇"小区的售楼小姐、保安也来艾云丽的卤菜摊买过卤味，她从他们口中得知"传奇"楼盘非常好卖,以后价格还要大涨,要下手就得趁现在。她跟他们打听门面的价格,吓得她连连摇头。

她有时不免羡慕这些售楼小姐,两三年就可以挣套房子,但若自己做了这行,这好事也不一定会摊上,她觉得还是卖卤味更稳妥。她私下祈祷"传奇"楼盘卖慢一点,这样她的好生意会更长久一点。

她也爱"传奇"。尽管没有那么多时间,但每周,艾云丽会挤两天得闲的上午去"传奇"小区逛。"传奇"小区的清晨是迷人的。艾云丽可以随意坐在那些躺椅上,在湖水边安静地待着,清风和煦,灌木整齐,楼盘又高又远,每一家的阳台宽大得足以放下七八个卤菜摊。她甚至有意地想看到别人的客厅摆放的什么家具,若不是富丽堂皇,她就有些失望。她还琢磨别人家的露台,那些栅栏和躺椅,她盘算着到底会花多少钱。她看着,望着,不觉就是一两个小时。湖水上和草坪里的清洁工没有一点催促她的意思,都尽心尽力地挥舞着手中的垃圾钳和剪刀,你问下厕所在哪里,他们都会友好地告诉你……间或有三五人来练剑术或太极,都静静的,不喧闹。艾云丽想,如果自己成为"传奇"小区的业主,那么每天都可以坦然地获得这些美景和怡然的心情。现在,她始终有一种"偷来的"不长久的感觉,让她难以完全放松。特别是出门经过保安岗时,那些保安都很年轻、严肃,虽然不说什么,但他们似乎知道,她还不是业主。为了让自己镇定,路过那些保安的时候,她也极力做出自己是潜在客户的样子。她不是没有仔细研究过

■ 石燕

■ 074

这里的户型,"传奇"小区的户型最小的是一百零五平方米,完全是为三代人准备的,以后自己结婚了有了小孩,可以方便父母照看,只是价格对他们来说小贵,父母是不愿拿出那笔钱的。

关于购置新房的事,父母总说要从长计议,他们去看过这个城市的很多楼盘,大大小小,便宜的、贵的,但都没有下定决心。他们就拖着,说报纸上说的,以后的房子还会更好,而房价还会降。可是这两年房价没怎么涨,但也没怎么降,大家似乎都绷着。艾云丽也催过,但催急了,艾皖就说:"你反正都是要嫁出去的!"一句话噎得父女俩好几天不说话。

24岁的艾云丽还没有男朋友,她只有一个卤菜摊,她恨自己不能多挣点钱,可以名正言顺地享受"传奇"小区的"百万风景"。

有段时间,"传奇"小区有个保安经常来艾云丽的卤菜摊买卤牛肉吃。

"二两卤牛肉。"每次他都说同样的话。

"还要点豆干吗?"

"不要了。"

"猪耳朵呢?新鲜的,还热着呢。"

"不用了。"他有着一副闲话免谈的姿态。若碰见凤尾社区的老居民来此买菜,他就侧过身去,银货两讫之后,他就扔下一个宽厚的绿色背影,快步遁去。

这个保安经常在南门口值岗,艾云丽在"传奇"小区里闲逛的时候特意看了下他,但他一脸肃然,和买卤肉的时候一样不苟言笑。他的样子看上去有很强的使命感。

"你好。"艾云丽主动招呼他。

"你好,什么事?"他公事公办的样子。他认出她来了,但是有点不好意思,他也没有说破。

艾云丽有点窘,她的老顾客都不是这样说话的,老顾客们见了她都很亲切。

"你们的制服挺漂亮的。"她完全是没话找话。换成其他老顾客,会熟稔地说,单位发的,我们这工作如何如何。但是这个保安更窘了,好像在说他的缺点。

"你要买房吗?买房可以找售房部。"

艾云丽愣了下。"买房这么大的事,得慢慢看。"她说。

"好的,你慢慢看。"他一点都不想搭理她。

艾云丽没有从他执勤的南门出去,她绕道走了,在心里悄悄地给他取了个外号"南门"。

很快,艾云丽发现,这个保安对自己小区的人也没太多的话,一说话就有种窘迫不安的表情。后来才听说,他曾在北京当过国旗手,后来因为什么事突然离开了岗位,现在来到"传奇"当保安,很是委屈呢。

■ 石燕

■ 076

艾云丽想,原来是凤凰落到了鸡窝,既然如此,那干吗不脱下保安服呢?这样是不是会自在一点呢?可是她觉得这身保安服还真是好看呢。"传奇"怪有钱的。

下次"南门"再来买卤菜的时候,她也不特意招呼了,她想这种人大概也希望别人用同样的方式对他吧。这样他就不会发窘了。

但艾云丽自己发窘了。那是"传奇"的保安集体出行的时候。他们都是年轻的男孩子,身着墨绿色制服,人人一顶贝雷帽,整齐划一地从艾云丽的卤肉摊前经过。他们体健貌端,身形笔直,每次列队出行时,凤尾社区的老街坊都会停下嘴上的话、手上的活,瞅着这条墨绿色的线移动。他们从黄葛树粗壮弯曲的树中忽闪忽现,密实的树叶交互,掩映着他们的贝雷帽,整齐的步伐,窸窸窣窣,窸窸窣窣,阳光好像从街头游向街尾。一开始,艾云丽还会有些慌张,心怦怦跳,因为他们都太漂亮了,那些制服包裹着的身体,像一把把随时会出鞘的剑,锐利、刚健,让人想象着它们的金光。而自己却围着一身油渍斑斑的围裙,耳朵上挂着口罩,其实,她只有 24 岁。她背过身去或想把头埋得低些,但她后来无意间看见"南门"经过时,眼睛朝向远方,端正,努力地目不斜视,她紧绷的心立刻就释然了,原来大家都一样。

"传奇"小区的这支保安队在凤尾社区的凤尾路上出行,让凤尾社区的老街坊们艳羡,也让老街坊们不安。在这样破旧、衰败的后巷背街里,他们像时装走秀一般地走一圈,多么奇怪。

而保安们似乎也不愿意在凤尾路上每周这样走上一圈,他们都绷着脸,似是做好被人笑话的准备,但这是制度,这是"传奇"小区的形象,他们继续绷着脸。

保安队列队出行了一个月之后,没有身着墨绿色、头戴贝雷帽的年轻男子到凤尾路上来买卤味了。

"他们是在整顿军纪了吧,不准到凤尾路上来吃香喝辣,尤其是卤味。"米线馆的"吴大嘴"一向看不惯那帮耀武扬威的年轻保安。

"他也没来吃米线!"艾云丽最讨厌吴大嘴那张臭嘴。

"他们从来就没来吃过米线,倒是有几个售楼小妞来吃过。"

"他们就不是这凤尾路上的人——"水果摊的罗二姐抄着手,递着眼色,"穿上那身衣服,谁好意思来这里吃东西?"

"他们还不是来装门面的?门神,哪个干得长?"

"人家收入不低,一个月少说有三千,医保、社保都有。"罗二姐说。

"你知道?"

"我当然知道。还管饭。"罗二姐抢白。

"管个屁!他们还经常来小艾的卤肉摊买牛肉。"万鑫药房的营业员祝婶一边挑着耳屎,一边走出店门来聊天,"小艾,你说是不是?"

艾云丽讪讪地笑:"谁没个打牙祭的时候?"

"那是小艾的卤菜好吃!"吴大嘴说,"我的米线也不赖啊。"

艾云丽哧了一声。

"你没发现,他们每天这么走一走,我们这条街都安全多了。"祝婶说。

"人家这叫物业形象。"吴大嘴说,"以后我们都要发财,全仗着这'传奇'小区带动我们社区升值了。等这些个房子卖完了,我就要开始装修我的米线馆了,每碗二十元,一口价。"

几个女人一起大笑起来。

"笑什么笑?"吴大嘴不高兴,指着艾云丽说,"等他们房子卖完了,你就惨了,这条街也要规划,城管到时就专门撵你这种流动商贩。你得赶紧去找个门面。"

"钱呢?"艾云丽顶回去。

"把你的嫁妆先预支!"

"呸!"

大家又是一阵哄笑。

"小艾,你看你成天累的,腰酸脖子疼吧,父母也不帮忙,婚姻大事也耽误了。赶紧的,就这保安里找一个标致的。"祝婶说。

艾云丽不语。

"成天来买你牛肉的那个,我看成。"祝婶看着艾云丽的脸,继续说。

吴大嘴接口道:"那怎么行?凭什么小艾就得找保安?难道小艾就不能找个物业经理?"

"我还想买这'传奇'的房子呢!"艾云丽脸上发红,嚷道。

"早就该买了,等咱买了'传奇',谁看得上这些保安?他们不都得为我们服务吗?"祝婶说。

"什么时候买?"罗二姐竖起了耳朵。

"梦里买!"艾云丽大声道。

大家又笑成一团。

冬去春来,"传奇"小区业主入住两年了,凤尾社区的人享受了它免费的风景,售楼小姐跳槽了几个,保安走了几个,清洁工换了几个,他们比谁都清楚。

"南门"一直都在"传奇"小区。艾云丽想,他算得上是干得最久的保安了吧。但这几年下来,他除了买卤菜,还真没有跟艾云丽说过什么话。她甚至没问过他是哪里人,家住哪里。有时,他会带几个新保安一起来买点卤菜。之后就是新保安自个儿来买。

"那人是你们的头儿吗?"

"哪个?"新保安问。

"就是上次带你们一块来买卤菜的那个。"

"哦,不是。老人而已。"新保安说。

"你们平时住哪里呀?"

"宿舍。不过家近的就住家。"

"挺好的呀,管吃管住。"艾云丽觉得这些新保安更亲切一些。

"还行。"

"要觉得味道好,下次再来啊。"艾云丽招呼他们,心想"南门"怎么就没这样随和呢?几年了,他看上去还是一副不好打交道的样子。

他的眼睛若是无意间扫到了艾云丽,也会迅速移开,他的脸上就差刻着"秉公执法"几个字了。

好了,两年了,"传奇"小区四期房已经售罄,东、南、西、北四个大门上都贴出了"禁行令","南门"这张脸还真派上用场了。

## 二

老邻居每日围聚在黄葛树下,抄手聊天的、织毛衣的、喝茶的,眼睛都有一搭无一搭地滑向"传奇"小区的正门。那里的保安有三个人,一个在玻璃房里坐着,一个守着车辆通行处,一个守着行人通行处,凛然不可侵犯的样子。

"他是不打算买房了吗?"

"他是看我们凤尾社区的人买不起房吗?"

"是不是有谁犯什么事了?"

······

但不管怎样,10月1日起这条"禁行令"颁布了,实施了一个月了,他们看不到半点妥协。

艾皖有一次借口找人,进了"传奇"小区。"有什么大不了的!我还不是进来了?"一开始他还有些小得意,但进来一看,旧日的那些队友一个都没见着,不免有点小小的失落。"蠢蛋!"他心里一面骂着那些队友胆小怕事,一面随便寻了一处空地,活动起筋骨。

但这空旷的风景下,似乎总有什么与往日不同,不时有保安或清洁人员与他擦身而过,有几个还是他熟识的脸庞,他心有戚戚,便有意背对着他们,不想被盘问。但背上总是不自在,连他自己都"扛得"不耐烦了。"盘问就盘问呗,大不了说找完了人,顺便耍上一套拳,难不成还要收费?"他心里嘀咕着,深呼吸了下,准备进入正式的太极拳术。可是,连清洁工徘徊在他身边的次数也多了,他有些气恼,等着那些工作人员走上来,礼貌地请他出去。他看着他们的眼神、嘴角,觉得他们随时都会开口说上一句:"你好,非小区住户不得在此锻炼。"

但是没有一个人来请他出去。

他在原地连一套像样的拳都没有打利索。

"风水不好!"艾皖决定换一个地方待待。但在下一处,他仍如针芒扎背。他路过几个气定神闲地在湖边锻炼的老太太,听见她们彼此交头接耳:"现在总算清静了,花不起钱,就别占用别人的空间。"

艾皖装了一肚子气,怏怏不乐地走出了"传奇"小区。

当天晚上,艾皖就生病了,他的左腰扭了,怎么都下不了床。

"从来都不害病的人,怎么就下不了床了?"万东芳是个没主见的女人,老伴说什么是什么,她这下慌了神。

"去医院吧? 我打120。"艾云丽说。

"不去!"下不了床的艾皖,还是不忘家长之威。

"爸——"

"你去给我请老岳来。"他呻吟着,对艾云丽说。他这辈子就没进过几次医院。

"凤尾针灸的那个老岳。"

艾云丽噔噔地下了楼,直奔老岳的针灸按摩室。虽已打烊了,老岳听说,二话不说,背起背包就往艾云丽家去。

老岳看了一会儿,摸了几下:"没大碍,今天扎几针,敷点药酒,就可缓解。"

艾皖长长地舒了口气。

"这是肌肉缺少运动所致,以后多活动活动筋骨,翻身的时候不要太猛,悠着点。"

"我说什么了? 我说什么了?"艾皖嚷嚷,"要运动,要健身。哎呀——"他一说话,筋就被扯住,"不行,我得找个地儿——"

"上哪去找这样的地儿?"万东芳嘀咕,"免费的午餐都吃了这么久了。"

艾云丽扑哧笑了出来。

"去街上散散步也行,没事去爬爬山。"岳师傅安慰道,"'传奇'是有钱人住的地方,咱穷人可得不起富贵病哟。"岳师傅也偶尔去"传奇"小区逛逛,知道艾皖的心思。

"你不知道这街上尾气重,想当年,我们住那湾月村……那山,那林地,好得……我再没碰上过。"艾皖哼哼。

"现在什么好东西不被拿去换钱?"老岳说,"地球这么大,还就找不到一块空地了?这世道,跟身体沾边的事都要花钱呀。"

"跟身体沾边的事都要花钱。"艾皖像中邪一样,每天都要念几遍这句话,"难不成不花钱我就过不下去了?"

"东边不亮西边亮啊。谁说一定要花钱啊?"老伴万东芳埋怨老头子,"人是活的,难道就不能想办法?"

"办法,办法,"艾皖嚷嚷,"你给我说说有什么办法!"

过了几天,艾皖还真找到办法了。他的一个队友跑来跟他说,新找到了一个好地方,让他和老伴一起去踩点。

这个好地方就是凤尾路上的"万武楼"的楼顶。这个万武楼是此地最早一批的商品房,虽然只有10层楼,但曾有好事者在顶层做了一个小小的屋顶花园,搭了葡萄架,修了假山,此后顶楼的门长期锁着,大概是要独自享用。不知过了多少年,做这屋顶花园的人搬走了,花

■ 石燕

花草草的也就荒了,再也没人给楼顶上锁,索性就这样一直开着。

队友们无意中发现,这个屋顶花园可以废物利用,于是一传十,十传百,号召大家都来把它修葺一新,当作一个小小的健身场地。

去楼顶锻炼并不是个最好的选择,但艾皖考察了一番,觉得也能凑合。那个屋顶花园也被收拾了出来,有点景致,楼顶也结实,不像有的楼房顶层直接搭一个预制板,也就这样吧。

艾皖夫妇带了几盆雏菊、万年青,并承诺过几天去倒腾一棵树苗来,也算是给这个自制的健身之地做一点贡献。

新天地就这样开辟起来。

甩胳膊踢腿的,打太极的……每天上午去万武楼的楼顶锻炼的老人还不少,前前后后,也有十来个。他们在楼梯间相逢一笑,上上下下,心照不宣。

各种鲜花、绿植在万武楼的顶层上摇曳生姿,艾皖这群人想,这个自给自足的地方也还不赖。

可是好景不长,十天半月之后,大家都有些打退堂鼓了。艾皖提议,大家还是错峰锻炼:"这人太多,大家锻炼得不尽兴不说,万一楼板压垮了,就不好了。"

这一席话竟引来哄堂大笑。

"十几个人就压得垮楼板?你也太小看这钢筋水泥了。"队友福华说,"大家都老胳膊老腿儿的,还震垮得了它?再说也没什么剧烈运动。"

也有人赞同艾皖的意见:"大家都是上了年纪的人,总还是要图个小心。"

"而且十几个人,目标太大了。哪天万武楼的人上来提意见,我们一个都跑不掉。"

反对派又说,实在要错峰锻炼也行,那么你们就晚点来,等我们锻炼完了再来。

支持派不干了,好时段大家也得轮流着来,凭什么就让你们占了?

反对派又说,人家万武楼的人都没说什么,你们还来干预上了,这楼又不是你们家开的,凭什么要你们说什么时间来得,什么时间来不得?你们以为这是"传奇"吗?

支持派气坏了,嚷嚷起来,大家都是被"传奇"撵出来的人,大家都该互相体谅,这样争来争去,既伤和气又伤身,好不容易找到这样一个清静的地方,大家还是要珍惜。

反对派接着说,以前没有地方锻炼的时候,不是也活过来了吗?

支持派说,你们怎么骂人呢!你们怎么骂人呢!

怕死就别上来!

就是要上来,谁怕谁!

……

两方争执不下,竟然吵了起来。

这些都是退了休的老头老太,几十年来单位里的不如意、妯娌间的不和谐、夫妇间的龃龉不合,顷刻间都化为一股滔天怨气,唾沫在万武楼的屋顶花园横飞起来。

争吵声太大,引来一些人上楼观看。

"别吵了,再吵我就跳楼了!"不知谁在人群中发出一声吼叫,惊得大家都呆了。只见一个老太太面红耳赤地站在一个30厘米高的假山石上,怒视群雄。

"我受够你们了!看不得别人一点好!老实跟你们说,这地方最早是我发现的,是我最早来这里锻炼的,我不跟你们说,你们谁知道?要说无私,我是这里面最无私的人。你们现在侵占了我的地盘,污染了我的空间,你们谁再在这里吵,我就跳下去……"

万东芳的脚颤悠了一下,她拉了拉老伴:"她是谁呀?"

艾皖摇摇头,他也不认识,虽然自从来这里锻炼后,和不少人上上下下打过几次照面,但是对于老太婆,他还真没打听的兴趣。

"走吧,别真出了人命。"万东芳心里打鼓。

两人的脚步开始往后移动,他们都还是有些自保的人,有的人还在观望、对峙,但是他们老两口决定放弃了。一直退到门口,他们迅速地转身,离开了人群。下楼的时候,他们互相搀扶着,互相安慰:"明天别来这里锻炼了,哪天想不通,自个儿真跳下去了。"

好地方就这样没了。

黄葛树的树叶开始唰唰地往下掉,打不完,吹还乱,艾皖除了每天在女儿的卤菜摊旁走来走去,根本就无事可做。他踢踢腿,踩树叶,一下午晃荡过去。艾皖的队友也是无所适从,踢踢腿,踩树叶,他们看上去在集体琢磨什么办法,却一筹莫展——找不到空地。

父亲这人就是这样,又想得便宜,又不想付出。习惯了等待、观望,实在不行,就极端相向……艾云丽一边在卤菜摊前忙碌,一边盘算着,看来只有自己出手了。

她打听到离凤尾社区3公里的地方有个365健身房,正好开在人民路的公交车站旁。这就是城里人的生活方式,是该入乡随俗了。

艾云丽决定帮父亲去问问。

365健身房才开半年,正是聚集人气的时候,门口站着一堆拉生意的业务员。艾云丽在门口稍一迟疑,传单不眨眼地就飞到了身上。

"妹子,健身啊,我给你优惠。"见有客户主动光临,业务员眼睛发光,"年卡一千三百元,次卡八百元。"

健身房里各种运动器械倒是应有尽有,空间也还宽敞,尤其是洗浴间,宽松干净。唯一的不足是跑步机面对着人民路,能看见楼下的车水马龙,有吸尘之忧。

"价格有低的吗?"

"若是年卡的话,两人同行,一人八折,次卡无优惠。年卡更省钱,一天才四块钱。"

"一天才四块钱,倒是挺划算,艾云丽想,我就这么跟父亲说。

"妹子,这新店开业,便宜呢,你问问其他店,可都没这个性价比高。"业务员死盯着艾云丽。

"挺好的,挺好的。"艾云丽嘴里应着,"我回头给你电话。"

回家的路上,艾云丽想,真的要换一种生活方式了,不仅父亲要换,自己也要换,这地方,电视里经常演,自己身边也有,得随潮流。好,自己也要来健身房锻炼锻炼,别人都花得起钱,凭什么我花不起?她努力地劝说自己,一遍又一遍,说得自己额头直冒汗,心中打起小鼓。

"不去,不去。"艾云丽话没说完,艾皖就一口否决。

"去看看再说,你还不知道那地方有多宽敞,多方便,还能洗澡。"艾云丽心中的小鼓敲得更厉害。

"不去,我也不看。"艾皖指着女儿拿出来的传单,说,"我这辈子还从来没有付钱锻炼身体!荒唐!"

"可这是城里啊,去健身房的人可多了。"艾云丽有些委屈。

"人多更不去,一大群人待在房间里跑步、散步,啊,吸的是汗臭味,我还死得早些。"

"不用你花钱,我帮你付就是了,到时候,你和妈都可以去。"

艾皖一听更生气:"你要有那钱,还不如给我买点好吃的。"他摆摆手,不想再听。

"怎么这么固执?"艾云丽转头对母亲万东芳埋怨,"去看看能花你多少时间?我可是花了一上午的时间帮你打听这事。"

"甭管他,他就这样,死脑筋。他心疼你,怕你花钱。"万东芳安慰女儿。

"城里人不都这样吗?我们搬来这么久了,就得学会适应。"

"适应!你懂什么适应!"艾皖掉头说,"我在湾云村适应了一辈子,结果怎么样?"

"你要愿意去那健身,就自个儿去,不耽误卖卤菜就行了。"万东芳打圆场,"不过,还真有点贵。"

"不贵的,就自个儿在家里做广播体操吧。"艾云丽也没了好脾气。

"你这孩子。"万东芳看看老伴,又看看女儿,"你不当家不知柴米贵。"

艾云丽也不和母亲说话了,每次碰上关键问题,母亲总会向着父亲。她走到厨房里,拾掇起自己的卤菜,想,这一家人真是自私,不仅克扣别人的生活,还克扣自己的生活。现在害得一家人还在这阴暗、耗子成堆的破屋子里住着。可是她自己也拿不定主意去不去健身房,那种生活好像离自己还有一点距离,总觉得还差点什么。她自己也说不出来。

■ 石燕

　　下午艾云丽继续摆她的卤肉摊,她发现"南门"在正门执勤了,而且他是坐在玻璃房子里。这算不算一种升迁?正门可是形象之门,而且,坐在玻璃房子里意味着有更多的权利。不过,他时而还是会走出来,和旁边两个门岗说什么,依然不苟言笑。

　　深秋,天气转凉,吃卤菜的人开始减少。没顾客的时候,艾云丽就坐着,观察那些进出"传奇"小区的人。

　　这些人的穿着都很讲究,一看就是有着好工作的,即使是老年人,也穿得雍容华贵,器宇轩昂,不像凤尾社区那种退休老头老太百无聊赖、打发日子的样子。

　　傍晚6点半,"南门"换班了,他径直走到艾云丽的卤菜摊。"好啊。"他破天荒地搭讪。

　　"好啊。"艾云丽一时没反应过来。"要点什么?"她机械地问。

　　"生意好像有点清淡。"他说,"来二两牛肉吧。"

　　艾云丽切了一块牛肉,称了起来:"三两行吗?"

　　"这些都是今天卤的吗?"

　　"今天卤的。"

　　"三两,行。"说着,"南门"就掏钱。

　　艾云丽偷偷瞄了一眼他,他看上去心情很好,她很想问问他是不是升职了,但是她张不开口。

　　"你知道吗?我们小区的恒温游泳池对外开放了。""南门"主动说。

艾云丽抬起头。

"我可以搞到一部分对外开放的票。"

艾云丽依旧不解。

"想要吗?"

"我?"艾云丽不知他葫芦里卖的什么药。

"对啊。"

"天这么冷……"

"不贵,单次票三十八元。"

"你想挣点外快?"艾云丽似笑非笑。

"不能这么说,算是做好事吧。"他自嘲道,"对了,我现在调到这边来了。"他指指正门,"我晚上约了人,会去喝两杯。""南门"露出难得一见的笑容,"来这里两年多了,总算熬出头了。"

艾云丽一头雾水。

"也有次票。一年50次的。可以几个人同时去游泳的。""南门"顿了顿说,"你们可以凭这个票进'传奇'小区。"

"'传奇'不是不让进了吗?"

"有这个票就不一样了。"

"相当于'传奇'要收门票了?"

"如果我执勤的话,不用这么严格。"

■ 石燕

艾云丽瞪大了眼睛。

"你要不要先买一张?"他似乎觉得自己的话有些多了,神色不安。

"我还没去了解过你们的游泳池是怎样的呢。"

"好吧,那你了解后,有需要了跟我说,我可以便宜点给你。"说完,"南门"就走了。

艾云丽坐在那里半天没有回过神来,这是什么意思?他是真想卖票给我,还是好心地让我进"传奇"去玩?

天一黑,夜风的温度就急转直下,晚上8点多钟就让人冷得想钻被窝。路人缩着颈子,匆匆地从艾云丽的卤菜摊前经过。路灯苍白的光从黄葛树的树缝中泻下来,像寒夜里的冰凌,刺得凤尾社区寂寥森森。"还剩三分之二的菜没卖完。"艾云丽搓着手,摸出电话,想让母亲帮忙把卤菜摊搬回去。谁知电话竟然没电了,她这才想起昨晚忙着给父亲请医生,一大早又去健身房咨询,竟然忘记充电了。她只得自己先把卤菜摊拾掇好,小板凳收起来,推着车往家的方向走。也许是手被风吹僵了,怎么推都使不上劲,她只好又停下来,呵气搓手。

"我来帮你吧。"一个男声从身后传来。

艾云丽一看,竟然是"南门"。

"你还没走?"她有些吃惊。

"等你答复呢。""南门"笑了笑,艾云丽闻到他口中的酒气了。难怪他像换了一个人似的。

"就这么想做我的生意?"她也开起玩笑。

"嘿。"

"怎么,你们有多少提成?"

"不多,一点点。"他回过头说,"我怎么说也是老人了,找他们要点票,总可以办到。"

"上次,万武楼跳楼的事件,我也听说了。""南门"主动说起这事。

"最后没有跳。"

"那也吓得不轻。""南门"说,"要真跳了,'传奇'多少还有连带责任吧。"

"这是你们老板说的?"

"老板才不说这样的话。""南门"诡异地笑笑。

不知不觉两人到了楼梯口,没有灯。"你家几楼?""南门"问,"我帮你。"

"三楼。"艾云丽想倒也难为他,便说,"你在这里等我,我先把菜端上去。"

"看得见吗?"

"熟着呢。"

艾云丽分两次把没卖完的卤菜端回家里,剩下一个空车摊。

"这车,平时都是你自己弄上去的?""南门"有些惊讶地问。

"有时候是。"艾云丽有些不好意思,觉得"南门"笑话她牛高马

■ 石燕

大,"不过快过冬了,这车也用不着搬上搬下了,还真不好弄。"

"我帮你抬上去吧。""南门"说着抱着摊位车就走,可楼道里逼仄,他也得一小步一小步地挪。

艾云丽家里传来电视的声音,嘈嘈切切。"走了。回见。"他转身下了楼。

艾皖夫妇一动不动地在沙发上坐着看电视。

"谁帮你抬上来的?"艾皖回头问女儿。

"别人。"

"别人是谁?"

"帮忙的人。"

艾皖直直地看着女儿。艾云丽啪地打开了客厅的灯:"这黑灯瞎火的,省得了几个钱?"

母亲万东芳过来帮着推车。艾云丽仰仰头,听见颈椎咔嚓咔嚓响。"再过一个月,我也要去锻炼锻炼了,听听,"她又晃了晃头,对母亲说,"我的颈椎都僵得咔咔作响了。"

艾皖关掉了电视,对万东芳说:"快收拾睡了,明早还要去景园公园锻炼。"

艾云丽看看母亲,景园公园离这里有 5 公里路呢。找到新目标了?"坐车还是走路?"

"坐车还叫锻炼?"艾皖反问。

"那每天都去?"艾云丽瞅着父亲。

"明天去踩点,"母亲说,"要是好,他就会天天去。老岳那里,针灸虽好,但也不能天天做,得加强锻炼。"

"风雨无阻?"艾云丽问。

艾皖站起身来,朝自己的卧室走去。

"他受得了吗?这么远的路,又提劲。"艾云丽跟母亲讲,"你们趁早买个好点的房子,有个好点的小区,别后半生都在这儿遭罪了。"

"你自己去跟你爸说。"说到这里,万东芳也没了好脾气。

晚上11点,艾云丽收拾停当,进了自己的小屋,入睡,关了灯,闭上眼,脑子里总出现"南门"的样子。

"你知道吗?我们小区的恒温游泳池对外开放了。"

"我可以搞到一部分对外开放的票。"

"如果我执勤的话,不用这么严格。"

"要真跳了,'传奇'多少还有连带责任吧。"

……

自从告示贴出来后,"传奇"小区几个大门都配置了一副"南门"似的面孔,这样的面孔让人心生畏惧,但是,今天他为何说这些话?他是想帮帮凤尾路上的人吗?说不定他就是想挣外快,酒后多言而已,艾云丽觉得自己真是想多了。

黄葛树沙沙的声音传进窗户,风大了,艾云丽听见沉重的拖鞋声在客厅的地板上摩擦,停顿,再没有了声音,也没有灯光。她觉得有点奇怪,房子太小,房门又不隔音,一丁点动静都听得到。怎么回事?她又仔细听了一会儿,没声响,便悄悄地把自己的房门打开,借着路灯的微光,她看见父亲沉沉的背影挂在窗户边,像一件用旧的黑雨衣。

"还不睡呢?明天不是要去景园公园吗?"

父亲依旧背对着她,不回答。

艾云丽披上外衣,好奇地走上前去,只见父亲直直地望着窗下,冷清清的凤尾路上一个人都没有,超市、饭馆全都拉上了卷帘门。

"看什么呢?"

"下面是不是很空?"艾皖问女儿。

"是啊。"艾云丽不解地望着父亲。

"可是一到白天就没有空地了。"

"空地……"艾云丽喃喃道。

"在城市里找块空地就这么难?"

原来父亲还在琢磨这事。

"城市人都这么过的。"艾云丽不知道这算不算是一种安慰,她只觉得全身发冷,这幢90年代初建的老居民楼,一到深夜就更显破旧。让人不得不去注意那些墙角沿缝边陈年的沟壑、发黑的油渍。而屋外,清冷的路灯照得这街心灰意冷,湾云村,再也回不去的湾云村是个遥远的梦。漫山遍野都是松林和空地,那是父母他们一代人花了几十年的青春和心血开辟出来的一个林地,清晨鸟鸣啁啾,夏日林风飒飒,秋季落日余晖铺满一地,冬日酥雪遗香。只要不是滂沱大雨,每天都能看见有人绕着山林跑步,艾云丽也跟在大人屁股后面,一路小跑,看朝霞升腾,嗅沁心松香。

艾云丽回想起曾经父母们还嫌它偏僻,他们只能像当地农民一样,一周一次地往镇上赶场,购置并囤积食物。那时,他们正年轻,向往城市,每一次到县城,都兴致勃勃地讲述新鲜见闻。艾云丽也喜欢湾云村,因为在那里,父母对她的爱是无条件、无索取的,那样安静、淳朴的生活场地,她此后再没有。几十年后,这林地说征用就征用了。新当政的年轻领导更是大会小会不停动员:"我们要把这块荒山变成金山银山。"他们就这样被撵了出来。土地卖给了某房地产开发商。艾云丽一家再也没有回去看过,听同乡说,那里变化很大,最好不要去看,看了更伤心。

是不是这个原因,父亲才选择这个被黄葛树霸占的后街背巷呢?这还能隐约让他捡回一点过去的美好回忆?艾云丽想。有时她也喜欢这种被密实的树叶深深笼罩的感觉,像她儿时午睡时的光阴,可以睡得安然。恍惚间时间停滞了,一直停滞在幼年、少年,让她迈不开脚步向前,他们一家人紧紧地蜷在一起,她都二十好几了,那种伤感,有时也让她想努力地摆脱。

"现在很多老年人把逛公园当成锻炼的一种方式。"她安慰父亲。

"城市里的公园也不多,街道空气又脏。"

"不过,走路去,会耽误回来吃饭的时间,不能每天都这样吧?"艾云丽说出这话时,忽然意识到,父亲多半是考虑到了,立即又闭了嘴。

父亲长长地叹了一口气。

须臾,父女俩看见凤尾路上的树叶跑动了起来,从一盏路灯飞到另一盏路灯,三三两两的,随即分开,这样自由的舞动真让人羡慕。

"城市有城市里的锻炼方式。"艾云丽轻轻地说。她其实想说,是时候买个房子了,可是父亲漠然的脸色,让她开不了口。

## 三

艾皖夫妇第二天果真去了景园公园。

景园公园离凤尾社区5公里,坐两站公交车即可。艾云丽躺在床上听见客厅里叮叮当当收拾什物的声响,以及父母小声讨论是坐车还是走路去的只言片语。她等着他们出发。

艾云丽第一次去景园公园还是刚搬来凤尾社区的时候,那是他们一家三口一块去的。

父亲总说,要熟悉一个地方,就要把它周围的菜市、超市、公园都走个遍,才能在这个地方扎根。她还记得那次他们去的时候是春天,景园公园要收门票,十五元一个人,父亲犹豫了下,还是掏了钱。公园不算很大,但树木枝繁叶茂,年头久远,北边有个苏维埃纪念塔,东边还有个观景楼,可以俯瞰城市的半壁江山,花鼓河碧波荡漾地缠绵在两块陆地之间,春天里的花开了一地又一地。

那会儿,他们一家带着凉菜和馒头,坐在草坪边的凳子上,畅快地吃了一次午餐。阳光下,父亲好像还打了个盹。

春暖花开,高兴的事还挺多。

艾云丽闭上眼,脑子里又浮现出一家三口游玩的情景,那时候,他们一家的感情多么好。他们喜欢这种城市的便利,喜欢离家很近的公园,搬来这里并不是那么坏。

不过,此后很长一段时间他们没有再去景园公园,他们去了城市里的其他公园:离家8公里远的万元寺公园,离家10公里远的美都公园,离家12公里远的菊山公园,还有数不清的小小的社区公园……

再后来,景园公园免了门票,据说景色单调了很多,没有了精致的盆栽和花卉,但是森林的气息还在,他们又去了几次。但是艾云丽只记得第一次去的光景,她只愿回味第一次的光景。

现在他们又去了。

艾云丽听见大门当的一声响后,才懒懒地起了床。

洗漱、吃早饭、下卤料、卤菜……

中午艾皖夫妇没有回来吃饭,艾云丽自个儿下了碗面填饱了肚皮。但是她一直有点心神不宁。中午她打了几个电话想问问母亲情况，都没人接听。"老年人带手机就是个摆设！"艾云丽不免性急，景园公园肯定不是个常去之地，这探访意义不大，过了今天，明天的父亲依然会为锻炼场地发愁，与其这样，还真不如不要去踩点。艾云丽心里琢磨着，想回头再劝劝父亲去健身房，别人去得，为何我们就去不得？迟早都得适应这样的城市生活。如此想着，竟又是午后。

下午艾云丽在摆摊时，看见一辆大货车，拉着很多盆栽进了"传奇"小区的正门。她知道"传奇"小区里总是营造出一幅四季如春的景象，艾云丽想象着里面的淙淙泉水，心里不禁怅然。

傍晚5点钟的时候，看见父母一前一后背着背包，往回家的方向赶，父亲的脸色铁青，一看就知道没什么好事。艾云丽招呼着母亲，母亲只给她递了个"回家说"的眼色。

艾云丽心浮气躁地将卤菜摊撑到了晚上7点，便收拾回家。

"那地方还行吗？"艾云丽问。

"还行。"艾皖看了女儿一眼。

"中午吃的什么？"

"小面。"

"今天锻炼得很彻底。我说以后咱们就带饭去，天天都在外面吃也不是办法。"母亲万东芳说。

"那天天都吃冷饭？"艾皖戗了一句。

"晚饭吃了吗？我留的有卤菜，猪耳朵和牛肉。"艾云丽说着就去厨房。

"不吃了,你们吃。"说着,艾皖起身就要出门。

"跟女儿置什么气?"

"我腰疼。"

艾云丽看着父亲出了门,两个背包空空地丢在沙发一角,有两张楼盘广告压在下面,艾云丽捡起来细看。那广告做得还真是诱人,两居室还带院落,套内八十多平方米。

"你们今天去看了房子了?"艾云丽问母亲。

"发广告传单的,我们顺手接了,垫在屁股下面坐。"

艾云丽看出了母亲掩饰的神色。

"你们因为这事不高兴?"她追问。

母亲没说话。

"这户型还不错。如果真买房,我可以去借点。"

"你有什么钱? 你跟谁借?"

"我也想买房啊! 我不想一直和你们住在这儿。如果你们一直没打算买房,我就自己买个小点的房子。"艾云丽吓唬母亲。

"买房是男人的事,你可别作践自己。"万东芳警惕地看着女儿,想看看在她脸上到底写着多少存款。

艾云丽仔细看了下楼盘广告:"这就在景园公园附近,你们没去看看?"

"看了,看了,禁不住推销的磨叽。"母亲说了实话。

"多少钱?"

"要买个小两室的,还差十几万。"

"可以按揭呀。"

"装修也要钱。"

"他就为这事赌气了?"

"谁知道他为什么赌气,反正什么都看不顺眼。"

"好了,不说买房的事了。景园公园现在怎么样? 我好久没去过了。"

"没啥可看的,也没湖水。"

"这是爸说的吧?"

"有没有湖水你不知道?"

艾云丽笑笑:"那以后你们不会天天去景园公园的。其实锻炼也不一定要每天进行的,关键是要有一个好心情。"她想了想又说,"你们要去'传奇'小区,我以后可以带你们去。"

万东芳惊讶地望着女儿。

"我认识里面的一个工作人员,到时候,走后门就行了。"艾云丽戏谑道。

"是不是那个常来买卤菜的保安?"

艾云丽没出声,两年了,长了眼睛的谁都看得到,她又如何辩白?

万东芳见女儿没出声,仔细打量了下她:"我看你菜摊都换了地方。"

"有办法去就行了,管他是张三还是王麻子。"

"要不要票?"连续几日,"南门"路过艾云丽的卤菜摊时,都这么一问。

艾云丽摇摇头。

"机不可失。"

"我还没工夫去考察。"

"南门"若有所思地点点头:"你要来的时候,找我,我给你开门。"

"越来越冷了,你们这票怕是不好销吧?"

"又不过期,开了春,临了夏,想要这票都没有。"

艾云丽心想他说得有道理。这两年来他们都没说过什么话,怎么突然就熟稔了呢?那两年形成的沟壑一下子填平,还真让她有些不适应,可是她又喜欢这样,只是,怎么就没让她看到对方一点点地铲除呢?那过程被她忽略了,还是天降神兵,把它填平了?

"你们那健身房的费用贵吗?"她问。

"有点贵。""南门"也不跟她说价格,"我看你还是游泳划算。"

"要是不想游泳呢?"

"南门"笑了笑:"也成。"

"好,我今天请你吃牛肉。"说着,艾云丽捡起牛肉往秤上一搁,"半斤够不?"

"还是两张豆干吧,你生意也不好做。""南门"说,"你几点收摊?我来帮你推车。"

艾云丽到底还是去"传奇"小区考察游泳池了。

她寻了一天上午,穿戴周正,"南门"给她带了路。小区里像一个天然的植物园,湖水静谧安然,空地干净敞亮,亭楼阁宇都赏心悦目。几个穿蓝色衣服的清洁人员还在草丛中拾垃圾,艾云丽想,父亲来这里锻炼不生病才怪,人人都能看出他不是这里的人,这里的人是什么样子呢?就是女人雍容华贵,男人都是穿阿迪达斯跑步的那种。艾云丽正正自己的身子,心想千万不要表现出土气的样子。论游泳,她可是一把好手,这些人只会在游泳池里折腾,自己可是在江水里游大的。

室内恒温游泳池设在售楼部的大楼里。艾云丽和"南门"一起进去,门口站着两个礼仪小姐,也许是有"南门"带领,她们直挺挺地站着,没有鞠躬。

在一楼的东边,落地的透明玻璃门窗外可一览游泳池全景。隔着水汽氤氲的玻璃,艾云丽看见几个孩子正在池里拼命刨水,池边一个成人手舞足蹈地比画着,她想那人应该是教练。她深吸一口气,和"南门"一起去售票口。

"这是我朋友。""南门"很熟练地和两个售票的姑娘打着招呼。

她们会意了,如此这般地介绍了一通。

"我带你去看看里面的更衣间和淋浴间吧。"其中一个售票姑娘站起来,带上艾云丽进了女更衣室。

真气派。艾云丽一进去,心里就赞上了。银色的储物柜列成排而立,气派,毛玻璃分隔的淋浴间,雅致、干净。出了净水池,她们到了游泳池边上,这就是刚才在玻璃门外看见的景象,近在眼前,又不太一样,水池不是特别大,但人少的时候,绝对可以尽兴。

艾云丽想,三十八元我可以买一斤半牛肉了,缩了水,卤了卖,我还能挣十五元钱,可是到了这里三十八元,就只能扔进水里了。

"这价格我们都是针对业主的,既然你是他朋友,"售票姑娘指指更衣室外,"我们也不会亏待你。"

三十八元对于这小区里的人来说,不贵。艾云丽听出来了,她就这意思。

"水温如何?"艾云丽看见那些水漾出来,带着一种夸张的蓝色,她抬头,发现天花板被刷成了蓝色。

"恒温的,现在来游不会冷。"

落地玻璃窗外,皂荚树被吹得左摇右晃。

"是啊,不会冷。"她想。

"一次多买几张有折扣?"

"一次性买50张,可以打9折。"售票小姐用一种非常贴心的口吻说道。

"好的,我知道了。"

"现在要办理吗?"售票小姐陪着艾云丽走出女更衣室。

"我过两天来办理。"艾云丽看见"南门"还在那里等着。

"好的,你今天先登记一下。"售票小姐穷追不舍。

艾云丽硬着头皮胡乱写了一个名字和电话,然后客气地冲"南门"点下头,大步流星地走出了售楼部,门口的两个礼仪小姐毕恭毕敬地给她鞠了一躬。

"可恶!"艾云丽感到羞耻,她必须要通过疾步快走才能消除这种羞耻感,但是"南门"很快追上了她。

"怎么样?"他问她。

"还不错吧。"

"怎么啦?"他察觉到她有丝异样。

"你为什么要推销给我?"

"我有多的票啊。"

"说真的,这票价挺划算的。"

"你哪只眼睛看出来了我喜欢游泳?"

"这——""南门"挠了挠头,"好吧,我实话说了吧,其实你只需要买一张票,然后,你就可以进'传奇'小区,但你进来并没有谁要求你一定要用这张票,是不是?"

艾云丽望着"南门"。

"我这是在教你一个方法,你可以凭这张票,进来很多次。"

"我真这么想进来的话,有很多方法,比如我可以在这里找一份工作,保洁啊,销售啊,我不想用这种方式。"艾云丽别过头去,"你是不是认为所有人都挖空了心思要来'传奇'?"

"南门"脸红了,"地球人都知道凤尾社区的人对'传奇'有意见,我也不怕跟你透露,之前业主大会开了好几次,就是商量制定现在这个告示,闹得最严重的时候,有十几个业主罢交物业费。""南门"为难地说道,"我们这种人,都是职责所在,例行公事。"

"你可以继续例行公事。"艾云丽毫不客气地说,"再说,你已经升职了,你更没必要这样做。"

"你误会了。""南门"辩白,"最早我来'传奇'的时候,我就觉得'传奇'不该修在这里,这是个错误,它和这里的气质不搭,我们每天穿着制服在凤尾路上出入,我们也觉得别扭,我们想什么时候,这条老街也改造时尚了,现代了,大家心里才都会舒坦。所以两年了,我觉得'传奇'没有错,它在引入一种观念,但老人的观念很难改变的,尤其是根深蒂固的那种,我很理解凤尾路上的人的心情,我很想做点什么,可是我什么都做不到,所以我想了这样一个方法,随便你叫它什么都好,贪小便宜,挖墙脚、偷奸耍滑……总之,我没有恶意。"

"你说是凤尾路的人爱贪小便宜?"艾云丽摇摇头,"你什么都不懂。你从来都不知道这些人过去是怎么生活的。"她觉得他还是"传奇"的人,"传奇"的那套想法,他根本不知道凤尾社区的人要的是什么。

"我只是想帮一下。"他想拉住她。他不知道要如何解释这番好意,她才会领情。

"放开。"艾云丽已经掉头走了。她走得那么快,那么急,她觉得自己真是错看他了。她急火攻心,没有发现,在推搡中他把一个信封塞到了她口袋中,那里面有两张游泳票。她只是出于本能地感到后怕和心慌,这两年来,他一直在观察她的生活吗?

一个月以后,12月20日的一天晚上,天降暴雨,所有睡着的人都被那冰雹似的雨点惊醒,有人连夜起来关紧窗户,听见了疑似花盆类的东西被刮得稀里哗啦,从天而降的泥土弄脏了一些人家的阳台。第二天,人们发现凤尾社区的几棵黄葛树给连根拔起了,电线杆也横倒在某棵黄葛树上,电线来回摆荡。"传奇"楼盘,连城湖景,百万小区"的招牌被风刮得支离破碎,呼啦啦地迎风作响。

第二天这条路就给拥堵上了,交警在现场指挥、疏通路段、安抚民心。

艾云丽穿了一身锦黄色冬衣,也跑到凤尾路上去看热闹。从昨晚刮大风的时候,她已经有近一月没摆卤菜摊了,而且,未来至少两个月里她都不用摆摊了,所以她像往常一样,拾掇起自己几件好看的衣服,准备到处逛逛,这是她的冬假,当然,还要锻炼锻炼身体,她那僵硬不爽的颈椎,已经折磨她很久了。

天高云淡,空气清朗,凤尾社区不上班的人似乎都出来围观了。不少人幸灾乐祸地指着"传奇"的招牌,说说笑笑。那一天,"传奇"的东、南、西、北几个大门都对外敞开着,一副来者不拒的架势。片区的民警也到了,原来"传奇"小区里有些花盆被刮落了,民警正在落实是否有群众受伤。有个一楼的住户反映,楼上的脸盆落下来,砸到了她的肩上,她撕心裂肺地喊。凤尾社区的人也顺势拥入了"传奇"小区,目睹残破的局面。

艾云丽在人群中看见了"南门",他正忙着给众人解围。不过他还是瞥见了她,就那么一眼,让艾云丽转过了头。不知为何,艾云丽往售楼部走去,售楼部里挤满了人,闹喳喳地充斥着业主们对昨晚遭遇的控诉,游泳池空荡荡地待在那玻璃房里,艾云丽看着它,水面微漾,就像一个失眠之人正在努力地想让自己睡着一样。她推开人群,走出售楼部,走到"传奇"小区的狼藉之处。

天空明亮,艾云丽觉得那里面藏着一个太阳,只是不知道什么时候会透出来。她继续朝人多的地方走去。越往那里走她就越兴奋。

突然她看见了父亲,他站在湖水边,和身旁的人说着什么。不一会儿就看见父亲一只手高高地举起了一只黑天鹅，死的。他神情激动，好像在愤怒地控诉着什么。

有几个保安跑上去，和父亲争夺起那只黑天鹅。羽毛被拔落了一地，没有生命的天鹅，脑袋垂着，任人生拉活扯。

"看看，他们对动物都如此无情，更何况人！"艾云丽好不容易走近了，才听见父亲在嚷什么。

"你们这些住在'传奇'的人，不要以为得了大便宜，这个小区的物业太不近人情了，都是势利眼呢！俗话说得好，远亲不如近邻，可是'传奇'小区的人没把咱们凤尾社区的人当近邻呢，他们不跟咱们和睦相处，老天都要帮着咱呢！"他又冲着那些楼盘嚷嚷，"你们吃亏的日子还在后头！你们花大冤枉钱了！"

有几个老年人也跟着起哄："就是，都是一个社区的人，还分什么高低贵贱，现在遭报应了。"

"老人家消消气。"

"散了，都散了。"保安们忙不迭地驱散人群。

人群向后退着，艾皖坚持着不肯离开湖边半步。"别碰我，告诉你，别碰我！"他义正词严地对靠近他身体的保安说，"你把我弄伤了，可是负不起责的。"

"老人家，小心湖水，湖水很冷的。"不知什么时候，"南门"出现在艾皖的面前。

"你什么意思?"艾皖谨慎地看着他,"你要把我推下去吗?"

"老人家,千万别这样说!我怕你好不好,为了你的安全,请你离湖水远一点。""南门"举起双手来,以此示弱。

"你会为我们着想?哈哈哈……"艾皖笑起来,准备散开的人群又聚拢过来,"你们听听,这是不是笑话?"他指指外面那块远远的招牌,"社会车辆和行人不得入内。哎哟,你们是富人区就不要建在贫民窟里呀,看来你们也需要警察呀,你们小区的花盆也会被风吹下来,砸人的。哈哈哈……"

"南门"有些窘色:"我的意思是,老人家,天鹅死了,你很同情它是不是?我们自然会妥善处理的,毕竟,这是我们小区里的天鹅。""南门"尽量克制自己的情绪。

"那你们就应该大门紧闭,不要放闲杂人等进来呀!今天怎么又放我们进来了!"艾皖驴唇不对马嘴地说道,"我来帮你看看还有什么死天鹅、死鸭子,你们要是不好好安葬它们,会遭天谴的,会连累你们的业主的。"

"就是,我们也是好心。"众人又跟着起哄。

"谢谢你,老人家,你的意见我们会听取的,不过还是请你远离湖边。"

"民警来了!"不知谁在人群中叫了一句,大家都循声望去。

"怎么回事?"几个片警踱着方步问了几句,"散了,散了。不要聚众。安全第一。"

艾皖随着几个老头向前走去。

"爸!"艾云丽跑上前去,"你不去景园公园锻炼了?"

"前几天不才去的吗?"

"小艾啊,你爸刚才那架势你看到了吗?以后这里的保安可不敢拦咱们了。"退休职工朱大叔兴奋地说。

"小艾今天变漂亮了。"退休锅炉工李甲赞道,"才来啊?你爸今天给咱们长威风了。你想我们都老胳膊老腿儿了,平时找个空地锻炼锻炼身体,多不容易,这'传奇'做得太过分了,自从这牌子挂出来后,给我们找了多少麻烦?我,你爸,朱叔,龙叔,各自找了多少地方,老年人图什么?不就图个方便吗?有几个是有钱有势的老头老太?人人不都应该献出一点爱心来吗……"

艾云丽既不看朱大叔,也不看李甲,只盯着父亲,他凹陷的脸庞上,毛孔在舒张,他嘴唇呈深紫色,上嘴唇的那个痣越发地黑……他没有转过头来,他努力维持着那个姿势,似乎执意只让女儿看见他的那只耳朵,倾听老街坊谈话的那只耳朵,那只耳朵已经干枯,没有了血色,耳郭上有着不易发现的褶皱,就像日复一日站在凤尾路上黄葛树下的那些退休老人一样,等待生命的耗尽。

"爸,该回去吃饭了。"

艾皖什么都没有说。他稍作迟疑,便跟着女儿默默地走出"传奇"

小区。他们一前一后，就像很多年前，他们离开湾云村一样，一路无话，但彼此都知道发生了什么。

艾云丽没有在人群中去留意"南门"在哪里，但是她知道他会搜寻她的身影，她不了解这个男人，而且也不敢去了解这个男人，她只是从他的制服上判断出来他目前是保安组长或是队长，她只想默默地带领着父亲走出这人群，走出那片倒掉的黄葛树区域，远离那个倒挂的电线。她要回家，和父亲回家，然后把那两张票藏在抽屉里，信封中的游泳票递给父亲，她知道父亲未必会收下。可是，她还是要递给他。

功德碗　■

白桂站在供台下,仰望那只被高高供奉的六瓣形铜碗,紫灰色的光晕从碗沿沉落,消失在阴影里。铜碗下,史家列祖列宗的牌位一字排开,仿佛带着整夜未眠的愠怒。白桂心中一紧。

现在是清晨6点,再过半个小时,堂屋里就会灯火通明,诵经声没完没了。那只神秘的六瓣形铜碗将会被人取下,小心翼翼地捧在手中,据说碗底有一只虎背熊,张着大口,吞吐功德水,福佑供奉人。

"功德水,每入一滴都会计入史家的福荫里。"史家的管家宣讲。

这是史家人每天必做的早课。若没重要的事情,男女老少皆出席。

"什么是功德水?"6岁的儿子问母亲。

"嘘——"白桂让儿子噤声。

白桂只是史家大院的一个暂住客,初来乍到,不要求她参加早课。但回廊里窸窸窣窣的脚步声、渐次通明的灯光让她睡意全无,白桂悄悄披了衣,携儿子尾随前行。

史家人宽厚。

"每天早上六七点去史家门口守着,有求必应,有求必应!"邻居街坊都这么嚷嚷。借钱的、讨饭的、求事的,都聚集于此。洪山镇说大不大,坐落在武陵山区的谷深地带,方圆百二十里,却不到四十户人,史家大院就建在洪山镇乡场的南路尽头。赶场天,去史家门前讨吉利的

■ 石燕

人趋之若鹜。涪江环抱着乡场,一路小跑,到史家大院边上,步履欢快,那里有一个回水沱,暗流涌动,神秘莫测。因讨吉利而守候的乡亲们聚集于此,一边看史家大院如鱼尾激浪的飞檐,一边唠嗑回忆水沱里的陈年旧事。

"发大水时,这里不知卷了多少家当。"

"还有死人,一个身子全被水吃进去了。"

"也就史家敢选在这个地方盖房。"

"邪不压正。"背着背篓的人说。

"说不定是以邪压邪呢!反正没挑到我,那就不是正……"提着麻袋的人混杂在老乡中,斜睨着眼,似笑非笑。

"少说些没谱的话,有鱼神保护,史家财源广进。"背着背篓的打断了提麻袋者的话,又有几个老乡围拢了过来,神神道道。

史家人每天只应允一件事。

他们相信功德贵在细水长流。

白桂奔突到洪山镇三日后,听说了史家传奇,也想来试试运气。她也是武陵山区的人,这山大,听说连着四五个县,两三个省。她也不知道自己跑了多远,更辨不清方向,凭着山里人的感觉,顺着有乡场的地方走,稀里糊涂地到了洪山镇。一个年轻女人牵着孩子,混在背篼箩筐旧毡帽中,说不上话。涪江一如既往地洗刷着岸边沙石,澄净明亮,但求事的人只嫌它吵。

"你有什么事?"开门的人点她,人群朝前涌动了一下。

　　"我会做饭、洗衣。"白桂攘了一下身边的人,她把孩子抱高,"想求一份工。"

　　管家的眼光在孩子身上扫视。

　　"孩子很乖的,不吵不闹。快叫大伯。"白桂又拍了孩子一下。

　　"你男人哪里的?"

　　"武陵山的。"

　　"武陵山大呢。"

　　"也不大,男人出去一天就能回来。"

　　"怎么到了洪山镇?"

　　"来了几个当兵的,把茅屋给抢了,牲口也死了,我带孩子回娘家要点钱,结果娘家人找不到了。"说着,她眼泪就含上了。

　　人群中又嘈杂起来:"大管家,大管家,求个事儿。"有人高举手臂。

　　"大管家,行行好,家里等着抓药。"

　　白桂可怜巴巴地看着他,生怕他的视线掉开。

　　开门的沉吟了下,用手招招:"你进来吧。"

　　好像就是一抬腿的工夫,白桂就进了大院。她的心还跳得剧烈,但已听不到涪江声和说话声。这是个与世隔绝的地方。白桂来不及看清这两楼一底的四合院,只觉得黑黢黢地全压过来,好一会儿才适应了这里的光线。这院落里不是没有光,光都聚集在天井那里,格外透亮，这才显得黑压压的厅堂、卧室、客堂，肃穆森然。她跟着管家小步前行，在回廊里转得人辨不清方向。

这数月来她一路奔逃，也见过些地主人家，但史家确实气派。

白桂握紧孩子的手，心想，穷人家住的地方，一座山套着一座山；富人家住的，一座楼套着一座楼。她站在天井处齐人高的几株芭蕉下，搓着手指。

芭蕉旁的大石缸，盛着满满一缸水，青苔铺满缸身。三朵黄色荇菜漂浮在上面，天光凝结成一束，沉落在水缸深处，若一直盯着看，好像有一个沉浮的尸体，白桂被自己惊出了一身冷汗。

环顾四周，檐角飞翘，是鱼鳞和鱼尾的造型。二、三楼之间用木楼梯相连，隐廊和回廊环绕相通，白桂想，这是什么样的富家？这些廊道错综交叉，有点像断崖边上的小路，不过那些小路看似无尽，却是断头路，稍不留神就会摔落到深渊，这些廊道还好，人不会摔下去，还能直立而行。

"先住这里吧。"管家不知何时出现在身边，钥匙在腰间叮当作响，"你娘家几口人？哪个村的？"他话语随意起来，领着她绕过堂屋，向西直走。

"城口河西村的，兄弟两个，姊妹一个。"白桂随口胡诌，她听人说过城口县远着呢，跟湖北挨着，没人会去管她话真话假。可那团水缸里的天光如鲠在喉，还长满青苔，让人浑身不自在。"嫁了之后，就再没回了,也不知道娘家人在哪里,挨了枪子儿没有。"

管家没吭声。

"我手脚利落,什么苦都能吃。孩子还能打个下手。"

管家的钥匙叮叮当当响。

"讨碗饭吃,攒点盘缠,回娘家看看。"白桂絮絮叨叨。

在靠西的拐角处,管家用钥匙打开一间门:"你就住这里吧,早、中、晚到厨房去吃饭。"

"几时上工?"白桂也不进去。

"先住着吧。"管家定睛看了看她,转身走了。

儿子的小手在白桂手心被攥出了汗,她茫然地环顾这间偏房,小而整洁,当西晒,床单素净,比自己住过的任何地方都更像个家。白桂摸摸玉石凳子,尚有余温。

有人在门口瞧她:"新来的?"

"嗯。"

大户人家做功德呢,救济穷人。还有几个住在史家的人在天井打量她。

刚住进来几天,白桂心里不踏实,总觉得应该被问问话。但是好几天过去了,风平浪静。

史家的宾客爱聚在天井闲聊。天气晴好,阳光充沛的时候,高高矮矮的人齐刷刷地出来，往那里一站，就像森林里的蘑菇，煞是好看。水缸里的荇菜一茬接一茬地长，嫩绿盖着老绿，蔓延出水缸，和青苔做了伴。有宾客主动担任剪除它们的工作。"这东西多了，也不好，会吸收天地甘露，影响施者福荫。"剪荇菜的程师兄说。

宾客待上一月半月的，说话都会变个腔调。

"泽被万物，只作疗饥的药，不可贪食贪多。"程师兄一边剪荇菜叶子，一边告诫新来的宾客。

虽然靠近乡场，宾客却绝少自由进出。"止行有礼"是史家对众宾客立的规矩。

有礼，就是不得说人是非，不得妄下结论。

三五个人闲聊。"他这个德行，怕是以后不好。"一时嘴快的人立即反应过来，掌自己嘴，"呸呸呸，我不该这样讲。"好像那果报带着拷问应声而到。

每个人都恭敬、谨慎。农村人的使诈、耍赖的习性都被功德训给罩上了，犯浑不得。

孩子是例外。像史家大院里不多的猫狗，偶尔求个欢，上蹿下跳，随它去吧。对于小生命，不管好的坏的，他们总有着无原则的怜悯。

但白桂不喜欢天井。那地方明晃晃的，四周的屋檐就势而来，人立其中，只觉被光团罩住一般，无法动弹。而且，她不喜欢这些人说话的腔调，动不动就是放生、蹙眉、讲因果。狼吃蛇、蛇吃鼠、鼠吃虫，不都是天经地义的事情？武陵山下的农户哪个不是这样过活？下辈子的事还早着呢。"又吃又拱。"白桂心里骂。但她也只能在心里骂，这里没有高山森林，全是青砖、雕花，叫不出名字的神仙老头儿立在屋脊上。他们的笑让她害怕，宽大的衣袖好像藏着戒尺，随时要敲她一记。她得绷着，不能让人看出她的不乐意。实在不行，白桂便去厨房，择菜、扫地、添柴火，搭把手。厨房里的人可不会讲什么果报。

但是时间一长，无所事事的人都会自发去做早课。

这也成了一天中最重要的事情。

做早课，仪式不长，也就二十来分钟。众人集合于堂屋，时辰一到，管家便举腔，诵功德训："三德六味，供佛及僧……若饭食时，当愿众生，禅悦为食，法喜充满。"大家同声而念，唱和声起伏有致。

每到这时，白桂便逡巡地望着史家老太太。这老太太最虔诚，戴顶锦皮灰帽，双目紧闭，盘腿在上，喃喃而语。念完功德训后，管家便把供台四方柜上的六瓣形铜碗取下，再念一句"果报无边，究竟快乐"，他一人领唱，史家老小一齐念。众人再各自在心里默念今天福业。最后，碗被递到老太太手中，接过几滴功德水，表示今天积累的福荫。三声磬声之后，滴过功德水的碗被展示给史家大小看一圈，最后，管家双手举高，放回立柱上。

所有程序都有条不紊地进行。

刚开始,白桂并不懂做早课的规矩,不过史家人好功德,你要跟着来,也不阻止,她便跟着众人双手合十,做完所有的仪式。后来,她想多看看老太太,看看收容她的史家长辈。早课之后,虔诚浓重地罩在每个人脸上。众人分成几列,依次去厨房用膳。

"法力不可思议,慈悲没有障碍。"程师兄看她局促懵懂,走过来提点她。白桂冲他笑笑,觉得那是一番好意。

早课之后,史家大小事宜,全靠管家张罗。

"哪里都离不开他。"吃早粥时,宾客们说,"史家福音里有他一份。"

主就是主,客就是客,长子长孙们也各行其是。

"管家就是那些木楼梯,多亏了他,这大院几层楼才撑得住。"白桂说。待了些时日,她也学会了几句腔调。

"碗里有只熊。"老宾客跟新宾客说,"这宾客吃流水席般,还没把这一大家子吃垮,多亏了那只功德碗,福荫不断。"

"那碗里的熊会吐金子,要是功德做得多,水就会变金子,史家才这么有钱呢。"

"才不是。史家儿子说了,那功德碗是唐代的宝物,所以为了守住这宝物,房子都是按照唐代人住的标准来修的。你看看,谁在屋檐上雕鱼尾?谁个地儿不是雕个龙头?"有人辩解,"水里的大物是不是龙?"

"你说,这宝物怎么就没人偷?"有人抢白,半信半疑。

"谁敢在太岁头上动土?再说,偷了往哪里放?不打自招!"

大伙笑起来。

"呸呸呸。"程师兄最讨厌这些叽叽喳喳的人,一听见有人说人是非,便要阻止,"不两舌,不恶口。"

有人暗暗地笑,但埋着脸,强忍。

史家的功德训贴在墙上,每个房间外都挂上一块,白桂不识字,问写的是什么。

"不杀生,不偷盗,不邪淫,不妄语,不绮语,不两舌,不恶口,不贪,不嗔,不痴。"

"不杀生我懂,后面是什么意思?"

"不许与人生气,不许说重的话,不许伤害生灵,珍惜粮食,不贪食,不贪睡,与人和气,处处施恩。"

那得多吃亏。白桂想。她一个妇人带着孩子奔命,只听说好人不长命,祸害遗千年。

"吃亏是福。"大管家说。

不仅史家人,凡是住在史家的宾客,全都得守着这样的规矩。否则,就得请他出去。

宾客之间,也不打听相互的背景,江湖耍杂的、异乡游子、生意人……啥人都有,至于身份,孰真孰假,史家人也不细问,来的都是功德。

"真不怕坐吃山空?"白桂有时也听见别人在问。

"做功德就不要怕这些。"

穿着绲绣裰子早出晚归的是史家儿子们,外面的摊子扯得再大,都要守着老太太的规矩。这家人不赖。白桂看着他们一闪而过的背影,羡慕地想。别的不说,咱儿子能学到史家人的孝心就够了。

"小肚鸡肠,斤斤计较,我说你才要积点口德!"

"不要费了你几个月的功德!"

在屋里发呆的白桂惊了一跳。透过窗户,她看到史家做账师傅跑到院落中来。

"在堂上都待了三个月了,还没点眼色,顺手买点酒菜,还来报账?吃了谁家?用了谁家?要是我,早就没脸,自己走了。还赖在这里,竟然说我算错了账!"

"消消气,消消气。"有宾客跟在旁边安慰账本师傅。这个账本师傅不过30岁年纪,一直未婚,在史家也待了三四年了,做得兢兢业业,史家对他青睐有加,还张罗着要给他找门亲事。账本师傅渐渐地不把这些宾客放在眼里。

"只出不进,这个家怎么盘得走?"他有时也跟管家念叨,管家只笑笑。

"都是些软骨头,说不起硬话。"看见明细不对的地方,他就要说。整个大院里,就他一人敢跟人红脸。

"这也是做功德。"账本师傅振振有词地给那些不信服他的人道,"'人敬我一尺,我敬一人丈。'别拿点好处,就觉得该。人在做,天在看。"他在史家待了几年,也捡了些话语,知道它们的厉害,动不动就把它们使出来,就像亮刀子一样,明晃晃的,唬人就行。多少也算个行家。

刚刚被骂了的吴姓宾客,原本是离开了,见大家都对账本师傅同情,心生不满,回过头来,一脸愠怒。

"你倒是给我说说,我哪里账目不对了?我过去就是做账目的,我做账目的时候,你还不知道在哪里吃奶!"吴姓宾客辩白。

"一棵菜几毛钱?一斤肉几毛钱?每天好菜好酒奉上。你算来听听,用了史家多少钱?史家可不是养闲人的。"

"我在这里待不待,待多久,跟你有啥关系!你也就是个拨算盘的!"

"住在这个院里的,都不是白住的,有钱出钱,有力出力,没钱没力的,就奉个虔诚;再不济,下辈子还!"

提到下辈子,那吴姓宾客像被人诅咒了一般,满脸怒火:"你、你、你,下辈子还不知道在哪里变牛变马,就你这个德行,会遭报应的。"

"我看你才会遭报应！白吃白喝,拉稀摆带!"

"信不信我杀了你——"他气冲丹田,单手戳着对方。

"杀人了,杀人了。"账本师傅一跳三丈高,"大伙儿评评理,他要杀——了——我——"这嗓门一吼,各个房间的门窗都抖了起来。

太阳原本昏沉沉地悬挂在屋顶一角,因为这突然闹腾,突然变得明亮起来,刺得众人不停地揉眼睛、打喷嚏,一层层围拢过来。账本师傅在屋檐下左脚并右脚,右脚并左脚。

"他说他要杀了我！好恶毒的心——"账本先生号啕起来。

谁杀了谁？

怎么回事？

怎么闹上了？

唉,祸从口出,那吴姓宾客有些理亏,可现在走也不是,不走也不是,人们只是将他团团围住,要听个所以然,因为什么非要大开杀戒？

"各让一步,各让一步。"

白桂也跟着劝架,她想账本师傅真是厉害。

拉的拉,扯的扯,秋日的太阳终究没有力气,不一会儿就被云朵遮住了半边脸,懒洋洋地趴在屋檐上。人们搓着手,感觉到风来风往的凉意。

"哎,散了散了,鸡毛蒜皮的事。"不知谁在人群里说着,大家也看得了无兴致。这样的天就该回房间睡个好觉,修身养性,念功德训。

哪知这事情没完。

第二天,账本师傅就要请辞。老太太和管家在堂上听他陈述。

"他总有一天会杀了我,我留在这里干吗?我留在这里就是等死。"

"喂不饱的白眼狼。东家对他这么好,他还成日里算计,动不动就说杀人,亏他天天跟着做功德……"

"不能放他走,他用心歹毒,说不定赶走了他,他恼羞成怒,非烧了这个家不可。"

……

四角回廊里响起笃笃笃的脚步声,或急或缓,这木质的楼板,像云雾中看不见的山路,只知道哪里有人,有斧头声,有等待天黑的恐慌。白桂哆嗦了下。

院子里人声如蚊虫,哄哄一团,忽大忽小,大多在说这吴姓宾客的不是。

吴姓宾客这几天都没有出门。

白桂平时是不串门的,她也看见有人在敲吴姓宾客的门,可是很少见他开门。

"他是个好人,但因为这句话,犯下了罪孽。"大管家摇摇头,一副大局已定的样子。

趁人不备,白桂去厨房端了一碗粥,敲了敲吴姓宾客的门,久无声息。

"吴先生,我给你盛了一碗粥。身体是自己的,坏什么都别坏了身体。"

白桂说了一通,估计吴先生不会开门,便把碗放在门口。

说来也怪,天井那里的荠菜花总开不败,两三朵两三朵地接连开着,看着像荷花,比荷花小。虽然天气总是半阴不晴,却因为这点花,有了喜庆。史家虽接济了很多人,但大门平时并不打开,白桂也很少出门,偶尔跟着厨子一块出去,多数时候,待在这个四合院里,看着太阳掉在天井里,白晃晃的,犯困。

"妈妈,妈妈,我看到了枪。"儿子乱跑,总能发现些秘密。白桂一把揽过儿子,虎着脸:"别瞎说。"

"真的,就在那个房间里。我带你去。"儿子拖着白桂的胳膊就要往后院走。后面是东家的房屋,老太太、史家长子、次子都在那里,白桂在院里站住,悄悄问儿子:"是哪一间房?"

"那间。"儿子用手指了指。

房间里影影绰绰,只有白纱幔飞起一角。

"有人看见你没有?"

"有。他叫我别碰,骂了我。"

"谁?别告诉其他人。"白桂捂住了儿子的嘴。

"白桂,你来这里多长时间了?"

"搞不清。天天在这院子里,啥都慢。"管家难得来找白桂说话,她小心恭谦。

"我看你常去厨房。"

"也只是打个下手,派个用处。"

"老太太喝了你做的粥,挺高兴。你要没别的打算,就去厨房上工,最近有个伙计回家了,正差人。"

"那好啊,正闲得慌。"

"可别说闲。做功德,一刻也不得闲。"管家说,"你要有心。"

"好嘞。"

在史家上工后,白桂心里就踏实了很多,也不用白日看天井的水缸发慌,山中斧头的声音小了很多,手脚一忙起来,很多事情就会淡忘。

儿子一天天长大,眉眼之间越来越像他爹。

"你想不想爸爸?"夜里,白桂搂着儿子问。

"不想。"儿子眨眨眼,讨好地说。

"想不想爸爸来看我们?"她搂得更紧一点。

"嗯?"儿子昂起头,揣测母亲的意思,"爸爸不是变成鬼了吗?"他犹豫着说。

"鬼也可以来看我们。"

"不要鬼,不要鬼。"儿子扑到白桂怀里。

过去,她觉得儿子只爱她一人,是满足,现在,她觉得这不好。

"这世上没有鬼。"白桂幽幽地说,孩子爹的身影就站在门口,无声无息,含着怨气,他随时可以走过了。不过她一点都不怕。史家大院以正压邪,有鱼神庇佑,可以镇住一切风浪。

"妈妈,我看到他们枕头下有枪。"儿子始终对枪念念不忘。

"是什么样子的枪?"

"这里有一块,下面有一块。"儿子比画着。"很短。我还摸了一下。"

"不要告诉别人。"白桂再次提醒儿子,把他的手按在了被窝里。

那火药喷薄而发的声音立马变得闷闷的,好像只在胸口回荡了一下。老树林里有各种各样的声音,互相掩护,彼此唱和,唯有枪声尖啸独立。那个死人常拿枪口对着她。

枪,不是个好东西。


"日行一善,日省一过。"白桂学会了早课中的诵语。上厨时,她会把这句话挂在嘴边,她拜拜灶台和锅碗瓢盆,觉得这也是善行。至于"过",还是不要去想了,以免夜长梦多。这几天的早课气氛有些不一样,史家儿子们锦缎的褂子在昏暗的堂屋里闪闪烁烁。仪式结束后,白桂看见这两人毕恭毕敬地给老母亲说了一句话,就行色匆匆地出门了。

"这段时间山匪多,大家若没紧要事,不要出门。"午饭前,管家召集众人宣讲道,"如果有要回家的、各自办事离开的,我们也不强求。老太太会给大家一笔盘缠,各自保重。"

话一说完,就人心惶惶,这是要打仗了?老太太要离开了?

洪山镇人口稀松,只乡场稍有人气,其他人多是分散而居。他们都仰仗着史家能给大伙庇护,现在史家不仅不围户屯寨,还要遣散大家,真是泥菩萨过河,自身难保了?

犹豫的宾客看着管家的脸,莫衷一是。这些年老是有些提枪的军阀骑马而来,搞不清楚是什么派系,闹哄哄一阵,又平静几天,过段时间又闹上一阵。因为住得分散,保全很难,他们都希望史家能出面为大家防御一下。

涪江水汤汤不息,几个闲人仰望着史家大院的房子。他们指着史家屋檐灰墙上的题字"民国五年春":"喏,就是那时候有钱了。"

"这转眼还没十几年呢。你没听说城里人都跑了好多了,咱这山里要打起来,我就躲到岩洞里去。"

"陈世民腿给打瘸了,四角碉楼还不是不要了?"

"一个小地主,修那么个碉楼,有个啥用?"

"他那一家人咋办?"

"各保各的命呗。"

石燕

几天后,史家大院就全副武装,戒备森严起来。十来个挎枪的人围着大院走来走去,院子里的女人贴墙而行。

有时能听见乡场那方传来枪响,白桂会紧紧地把儿子耳朵捂上。

"散了,散了,这院里是要出人命了。"有人收拾起衣物,也劝白桂走,"还做什么功德?吃斋念佛不顶用了。"

山里人打猎用的就是那家伙,白桂认得。枪不长眼睛,没准自己就平白无故吃了子弹。人要走,不怨他们。

可是,走出去能到哪里?山连着山,田挨着田,跟着太阳走也摸瞎。冷不丁就会碰上个挎枪的人。她带着儿子,别人就会给儿子枪子儿。

她原本不信什么功德碗,可日日见这紫薇色的盆钵,还有了点念想,这史老先生是多大的福分,让老太太这般替他超度。老太太说了,这功德碗装着他们几代人的福荫,靠得近,或许能匀点给他们母子俩。

做完早课,给史家大院里的每个人分发热腾腾的馒头,世间还有什么比这更能安慰人?

"会不会是那个姓吴的杀回来了?"有风声渐起。

"不可能。他那衰样。"

"现在这世道,今天是地主,明天就把你赶到山里做匪。"人们小声议论着,王家楼的地绅胸口吃了一枪,躲了起来,王家楼有 3 层,夯土碉楼，住了王家8个人，现在全都散了。房子被姓李的豪绅接手。

"为啥吃了一枪？咋没人管？"

"咋管？到处都是提枪的人，搞不懂是哪头哪派。"

"咱这里住的，谁敢担保没山匪？"白桂竖着耳朵听人说，"别看是镇上，史家老二往保甲处跑得勤，不知道是什么勾当，今天说你是山匪，明天没准自己就是山匪。"

白面馒头吃完了，热气装进肚里，却有十二个忐忑揣上心口。白桂告诫儿子，不要到处乱跑，别人房间的东西不可随便摸碰。

夜深了，人声消停。星星在天井闪耀，青石砖地面发着幽幽的光。

连日里，上史家大院的人一律要通报姓名、事宜，连问三声若不回答，院里的子弹便毫不留情地打过去。

白桂看见有人在门口刷青石板砖，似有暗红色，不敢多看。哨兵们步枪贴身，靠近不得。

有几夜，白桂梦见孩子爹就站在床头，一脸血迹地拉她的胳膊，非要把她从被窝里拽出来。

"跟我走。"他说。

"你等会，等会。"就像她常对他说的那样，她虽然一直在夫家低声下气，却也知道拖延之术。她手上总是很忙，不是拿着锅碗瓢盆，就是提着扫帚簸箕。孩子爹骂骂咧咧却也不得不等她，他只有这个婆娘还能使唤。

她跟他去巡山狩猎,言语不对,他就把枪口对着她:"去把那只鸟给我提回来。"

灌木没身,大雾逼人,她找不到他打下的那只鸟在哪里,战战兢兢,抹着眼泪,听见身后响起的枪声,知道他在催促。回去又是一顿好打。

"哪有不打婆娘的男人?"他冲她嚷嚷。

打也打了,吃也吃了,儿子还得照生。

高山上像他们这样的散户多的是,谁死了,死在哪里了都不知道。十天半月才发现尸体,匆匆挂个树枝,算是结了。可是活着就不想死的事,得求饱暖。大雪压垮房屋,她得走十几里山路去寻人帮忙。她想过跑掉,但是儿子还在雪屋里,孩子爹才不会管他。

史家大院新出生的 6 只小狗叫了整整一天,循着声音,终于在二楼的隔断里找到它们。白桂把小崽子们弄到柴火房,给它们弄了一个窝,母狗不知道跑哪里去了。这些小崽子还没断奶呢。她颤颤地想。

冬至说来就来,得喝狗肉汤,这是习俗,唯有这一天要破例。

小狗在叫唤,已经能到处跑跑跳跳了。家丁们不知从哪里弄了一只狗回来,那一碗汤肉白桂看着心惊,白花花的,让人想起天井。她没让儿子喝。6 只小崽子依然在大院里跑跑跳跳。

枪声是下午4点突然响起来的。

白桂正在厨房里准备做晚饭，砰一下，她放下了手中的板栗。这一晚是打算做板栗烧鸡的。就这一声，她已经知道是枪响了。那声音就跟柴火爆板栗的声音差不多。后来连发了几枪，她拔腿就冲出厨房。

"儿子——"她刚吼了一声，就被枪林弹雨吓得缩回去。有一颗差点打到她的腿上，她惊魂未定，揣测儿子更不安全。厨房里的女人们抱成一团尖叫着。

"闹革命了，打起来了——"一声枪响，话音就断了。

史家大院虽围成个四方形，但并不是密不透风，躲在房间里稍微好点，在回廊、楼梯上的，多数中枪。

白桂贴着功德训小心翼翼地行走，每经过一个房间，就迅速侧身而进。"儿子在不在?"她脑子里只有这唯一的一个念头。史家大院修得夯实，青砖房还没有被刺穿。

"不两舌，不恶口，不贪，不嗔……"她悬着心，喃喃地念着墙上的口训。

天井里落下几颗子弹，树叶乱摇晃，水缸突然活了，像肚脐眼撒尿一般，漏了一地水。枪声毫无章法，近远莫测。

在外面的堂屋搜了一圈都没有儿子的影子，白桂的心提到了嗓子眼。她往院子后面走，那里住着东家，上次儿子指给她看的那间房，纱帐飞扬,难道在那里?

没有掩护的地方都可能吃枪子儿。白桂贴着墙,几乎要哭出来,她不敢叫,怕儿子突然从里面冲出来,挨了枪子儿。

"白桂嫂——"有人在墙角冲她招手。那人扶着她儿子,把孩子的嘴紧紧捂上。白桂一个健步冲过去,感觉自己像是被追赶的伤鸟,扑棱扑棱,连滚带爬地冲到墙角。

到晚上8点,所有的枪声才告停。除了几个哨兵在坚守,所有人都聚集在堂屋内,说是要宣布重要的事情。

香烟缭绕,史家各个祖先的牌位安然无恙,像无数个清晨,那只六瓣形的铜碗肃穆地立在每个人头顶上。

"不杀生,不偷盗,不邪淫,不妄语,不绮语,不两舌,不恶口,不贪,不嗔,不痴。"老太太低声平静地说,"史家不是没开过血腥,日行一善,日省一过。"

老太太示意长子取下功德碗,看看,再递给二儿子……再给每一个史家后人、家眷,大家轮流看了一遍,然后碗传到管家手中。

"我供奉功德碗三十年,不说重话,不做害人事。你们都长大了,太平盛世求不来。这些年,军阀混战,你史家太爷有过有功,杀人偿命,谨开血腥。听我一句话:人没了,功德还在;碗没了,戒律还在。福薄惜福,福厚养福。"

几个女眷轻轻抽泣。史家儿子们兀立不语,一脸严肃。

十余个牌位的阴影包抄下来,横七竖八地斜挂在每个人的脸上、身上。

"我以后,求个全尸,其他的,你们自己安排吧……"老太太哽咽,她点了点头,管家把功德碗传递到一位宾客手中。

"大家都看看。"

每个人都看了一遍那个碗,里面果真有一只熊,虎背大口,浅浅的一层水尚不能淹没它。有的人咬住嘴唇,有的人紧皱眉头,有的人要哭不哭的。紫灰色的光晕没有了,在宾客的手中,那就是一只普通的容器。

碗递到白桂手中时,她的心跳得厉害,她一直想看看这只碗,看看史家的福报,看看终于安顿下来的几个月是什么在福佑自己。

如愿以偿。

如愿以偿。

碗底的熊,四足矫健,龇牙大口,凌空而起。水波氤氲,熊背微微蠕动了一下,哦,这就是传说中的功德水,她抽动了下鼻子,什么也没闻到。那层薄水荡漾开来,像林中雾,聚散无常,只有老猎人才知道如何循着脚步安全前行。但是也有例外,孩子爹把她和儿子远远抛在身后,一路骂着"死婆娘"。

她躲在岩石背后,等待男人怒不可遏的训斥。那是一个断崖的山壁,小路狭窄,刚好两脚宽,人只得弓着腰前行。"死婆娘,还不滚出来，你咋不死——"话音未落，她听到沉闷的几声巨响，她几乎使出了一生的力气，掐断了这句话。孩子爹的腰部以下全埋在岩石里了，像被掐成两段的蚱蜢，只是蹬着腿。

铜碗从白桂手中哐啷滑落，滚了几圈，残存的功德水淹没在阴影里，她握紧了拳头，感到空气中有无数的小虫子在轻轻地颤抖。

清洁 ■

小海被雨后清晨浓郁的女贞花香惊醒,房间里闷闷的,像阿敏张开的两腿。他半坐在床头眩晕了那么一下,就一眼瞥见了一夜之间聚集的尘埃,沙发脚、立柜边,不知从哪里落下的线团、面屑,在地面上跑来跑去。

它们都等着他俯身相向。

俯身,一天之计在于晨,二十元钱一把的扫帚,在手中挥舞了起来。

小海扫得很慢,缓缓地压着,移动着,像对待阿敏沉实的肉体,这是他每日的早课。快不得,一快,尘埃就会蹿到空气中去,他有时就这么无奈地望着这些飞向天空的尘埃,大概要第二天它们才会落回地上,安静,又随时要跑掉。看似快速地清扫,但并不彻底。对,彻底,他的耐心和细致都用在了扫帚和地面缓慢地摩擦、拂掠上,这样才能让尘埃更彻底地黏附到扫帚上,丝丝缠绕,嗯,把它们一网打尽。

"你干什么都慢!"近段时间,女朋友阿敏总是半夜来半夜去,胡缠两小时,吃上一包方便面就走人。她在一个洗浴中心做事,习惯了昼夜颠倒。

"你跟扫把做爱好了!"有那么几个清晨,她看到小海扫地的模样,牙床咯咯地响。

"嗯。"小海在心里答应,并不回头。

中途,他坐下来,理扫帚上一根根缠绕的头发。扫帚用了一年多,

20元一把的一次性扫帚比想象中好使。他爱惜这扫帚,哪怕清洁它们会弄脏自己的十个手指头,也不介意。塑料质感的硬毛,韧性十足,它们紧密合作又独立翩翩,他的抚摸会让它们变得疏朗,充满了战斗力。

阳光照不进来,这个朝北的房间始终阴冷。房租不贵,一个月500元,一室一厅,他们吵嘴时,分房而居。小海一个人睡在客厅的沙发上,海阔天空。然而曙光乍现时,阿敏就会披头散发地对他一阵咆哮,他迷迷瞪瞪的,听不清楚,也搞不懂阿敏何故发作,小海低垂着眼,心想,就你们还想翻起浪?这样的吵架通常是无疾而终,阿敏狠狠摔门而出,他一个人待在那些尘埃中。嗯,"我来了。"什么都不能阻断他做清洁的决心。

做清洁不是苦差事,尤其是一个人时,简直就是享受。

单位里也常常是他一个人。

小海的单位在慈云寺。全国叫慈云寺的地方很多,他喜欢这个名字,这是取自佛教中的一句话:"如来慈心,如彼大云,荫注世界。"本城的慈云寺曾被国民政府征用,其中一个院落是国民政府的财务部,当年国民政府的小金库就藏在这里,这里是最安全的地方,既受庇护,又掩人耳目。战火后,慈云寺被毁,僧尼还俗,庙宇被村民占为己用。几十年后,有巨贾出资重修完缮,香火才给重新续上。小海的办公室就在原来的财务室里,干燥通风,爬山虎铺满了小院,阴嗖嗖的,能嗅到久远年代的尘埃味。他有时就窝在这个老房子里抄抄拓片,阴冷的时候,就给双膝绑上护膝,这里的尘埃有暮气。

从出租房步行到寺庙也就几分钟,扫完家里的尘埃后,小海从容地赶去。时间还早,他烧了一壶水,注视着地面的蛛丝马迹。办公室里有三个女同事,但是从不做卫生,动不动就说:"佛曰,随心,一切唯心造,一片虚幻。"又或抱一本《金刚经》,示意正在修行。"不做事还那么多理由。"小海心想,自己是这个办公室里资历最老的,三年了,就没挪过窝。这些新人就没个新人样,还论什么修行?

但想归想,他还是一人默默地把地扫了起来。

"小海长了一颗女人的心,见不得一点尘埃。"有时他也听见别人嘻嘻笑道。

爬山虎的巴掌叶探到了房内,鬼头鬼脑,像数枚眼睛。它们也想来看我怎么做清洁的,小海凝神。"你看到没?"他问那些植物,又指指室内的桌、地,那些积了一夜的暗尘,密密麻麻,又薄如翼。扫帚在手,一尘不染,明心净性。

半小时后,主任来了,带了一堆资料。"最近寺庙要举行一个螺县拓片成果展,你消化整理下资料,好好布展。"主任说,定睛地看着小海的耳根。

主任的眼神总是奇怪,想探询什么,不多说,就会用眼神牢牢地锁住什么,意味深长。

"最近家里好吗?"主任问。

小海摸摸耳朵,有点烫。"还好吧。不过好久没回去了,想去看看。"他又顺着说。小海想,早上阿敏离开的时候,没有抓自己的耳朵吧?他已经想不起来了。虽然自己和阿敏的事情一直没有公开过,但是人们总是拿话探他,阿敏的情绪一不稳定,周围的人就能注意到。

办公室里其他几个女性都是单身,不是离异,就是大龄未婚,小海觉得这里的磁场不利于姻缘,可也就是想想,没有对谁说。

"多跟家里通通电话。"主任说,"你爸一个人,怪难的。我女儿也常跟我联系,网上发个视频什么的。"

主任过去是地方志办的,后来弄了个提前退休,跑到寺庙里来,做佛教公益项目。慈云寺的方丈合会法师年轻有为,准备举全力打捞本地九区十二县的佛教碑刻,主任的加盟加速了这件事情的运作。主任是个老江湖,就是懒了点,小海想,什么事情都要靠我办,他就只动动嘴皮子,贩卖一些过去收藏的文物,有时他也让自己给他远在美国的女儿邮寄汇兑,也许有一天自己可以替代他。小海想。

寺庙里一切都好,尤其是抄拓片。带着腐臭的宣纸堆积在铁皮书架上,小海一张张摊开了,就趴在地上,一个字一个字地认。

广种福田

清洁

九龙寺禁止碑序

盖闻莫为之前,□美弗彰,莫为之后,□盛弗传,然莫盛之举。
……

寺庙从各区县拓回来的以功德碑居多,也有家庙碑、贞节碑。一个碑刻四五百字,逐字认下来,断句,也就一上午一个碑。寺庙的节奏很慢,也没有谁来催小海,小海就趴在地上一个字一个字认真地写。上午抄一块,下午抄一块。他曾跟着卢中南——那个书法作品进过中南海的书法家——学过硬笔字,他一边抄写一边想,自己的这些手写体要好好保存,说不定哪一天也会成为珍贵文物。

在他之前,寺庙不是没有请人抄过拓片,但是都待不长久。他听方丈说,寺庙里的工作讲的是修行,所以待遇一般,年轻一点的,觉得吃不了一口好饭,年纪大的,就眼神不济。只有小海来了,才长久了。说来也巧,那日百无聊赖的小海在慈云寺里溜达了一天,路过拓片办公室,随口问了一句:"需要人吗?"就留了下来。

这工作就像是专门等着给他的,他一来就待了三年。

拓片上看不清的字都誊录到纸上,均用方框替代,方框太多,小海就有些迷茫,一个句子都失去了意义。他问过主任,有时也问方丈,但是他们都没有给出满意的答案。"搁那里吧,等出版的时候,编辑会跟你核实的。"

每一本佛教遗址碑拓辑录的封面，都会署名"合会法师著"，尽管在文字上他只是动动嘴皮子。"人手不够。"方丈有时会感叹，只言片语中透露要把全国的佛教碑刻都收录完整的意愿，现在也没工夫做具体的研究，只能先把原始资料尽可能完备地呈现。

> 客为僧官，千里僧官劳驻马；
> 堂宜花月，多情花月解留□。

"留"后面是什么字，小海猜测了很久，他觉得应该是"人"字，但怎么看又有点像"尼"字。玉泉寺的这一副对联不可能这么香艳。

僧尼住持的地方历来清雅，虽然"玉泉"二字有女色之意，但原意是寺庙里的一口井水，灵动润泽，甘甜怡人，夕照之下，周围山林石崖涂金抹丹，秀丽无边。俗人总爱妄自揣测，拿女人活泛的心思做戏，这对联上"多情"一词就是证据。无奈。翻看送过来的拓片，想象玉泉不再，古井枯竭，寺僧还俗，小海黯然了好久。

他想有机会一定要去看看。

整理录入后的拓片，他们就一直存放在电脑里，没人询问，也没人确定。刚来的一年，小海每天都在抄，从不会断句，慢慢地到填字，他已经很熟练。有时，他也会自己试着写几句禅语咂摸。

寺庙安排给他的拓片陆续抄完后，他就用信封小心翼翼地保存着,竖排钢笔字一份,电脑横排打印字一份,合装在一个牛皮纸信封里,那些忠县拓片、长寿县拓片分门别类地码放在铁皮书架上,古墓的味道像屋外的阳光,洋洋洒洒地倾泻下来。

方丈对小海抄拓片的工作十分满意:"字迹工整,逐字校正,一丝不苟。"尤其喜欢他的钢笔字,"字不错,有空抄抄《心经》。"方丈待人随和,言语不多,慈云寺里到处都是他的题字。"般若""万古",沉稳,方正。

间或朋友来看望小海,小海便带他们在这些题字下站站,有时会碰见方丈带朋友巡视,方丈颔首一笑,问:"你朋友?"

"是,师父。"

"玩好。"方丈做了请的手势。

这一句江湖人情的话在小海看来竟有闲云飘逸的味道。他跟朋友说:"看,这就是我们方丈。"

去送审抄录拓片的路,是世间最好的路。阳光斜射,一帘蓝色幕布遮挡,上书"方丈"二字,旁边是念佛堂,木鱼声声,人来人往。方丈室里总有各方名流前来拜访,没一刻清闲。有时,送完资料,小海就一直站在旁边看大雄宝殿的飞檐翘角,龙头弯弯向上,水波微澜,天空一片纯净,虽然没有北方的炊烟,却也有一种浩瀚的温情。多少年了,他都没有回家,自从母亲去世后,他就一直待在这个寺庙里,暮鼓晨钟响起,想起北方县城里的木塔,恍如隔世。

他小时候就住在木塔下,应县的木塔五层六檐,塔顶呈八角攒尖式,上立铁刹。木塔的每层檐下都装有风铃。他记得全家刚搬去木塔下居住时,总能听到那阵风铃声,齐声飞扬,好像远处的雨声。应县干旱时日多,这风铃是天界的灵音,它一响,小海和伙伴们就神思出窍般仰望,这铃声比上下学的铃声响得多。

应县不大,孩子们都爱在木塔里跑来跑去,离开应县之前不知道这是个文物,更不想这就是后来闻名遐迩的梁思成赞誉过的国宝。夏天,妈妈就在木塔下摆个摊,做点小生意。

飞檐向天,那是指向妈妈的地方。蓝天中的某个位置,一定有妈妈,小海在心里发出叹息。

其实他的一生早就被注定,来到慈云寺后,小海时常这样想——他走不出寺庙。

"小海。"方丈踱步而出,把拓片递过来,"做得不错。"空气清新淡薄,铃铛声忽远忽近。

"最近寺里要安排去金佛山考察古代碑刻,你想一块去吗?"方丈把投向远处的目光移到小海身上,不咸不淡地问。

幽谷听泉、石崖意禅,金佛山是僧人们都爱去清修的灵地。但是小海没有立即回答,他脑子里闪过女友,和那家挂着大红招牌的洗浴中心。这个时候离开,他们的关系会不会不了了之?他犹豫了。

"寺里请过好几个抄录拓片的,来来去去,没个定性。你来这里三年了,不长不短,可以做更多的事情。"方丈说。他的眼睛清澈,鸟儿掉进去了也会沉醉。

小海点点头。

大当家颔首:"准备一下,周三下午就出发。"

周三,也就是明天。

小海提前回家,做了东北炖菜,他好像很久没有给阿敏做过菜了。"很有营养的。"他打了电话,嘱咐她晚上早点回来吃饭。这是他们用于亲密的暗语。

他对性其实没有太多的兴趣,就好像鸟儿正好停在了树上,洒水车正好经过了身旁,水滴落到脚上。一切都是自然发生的,有就有,没有也不求。

对于情欲这件事,小海会提前告知对方,他觉得这是一种尊重。就像放假需要提前告知,然后安排好手中的事宜。只是奇怪的是,和阿敏正式成为男女朋友后,他的需求反而少了。

阿敏讨厌他扫地,她说过多次。可是清洁总要有人来做。她怎么能跟一把扫帚争风吃醋?真麻烦。

炖菜做好了。已经是晚上7点,小海又打了一个电话,催问了下,洗浴中心说阿敏正在上班,于是他又等了一个小时,阿敏还是没有回来,他就先吃上了。9点钟阿敏回来的时候,小海已经在刷碗了。

"我给你盛一碗?"他在厨房里问。

碗端出来的时候,阿敏四仰八叉地躺在沙发上。

他们之间很少说情话,姿势就是信号。可是小海今天想说点什么。他一直都想说点什么,比如跟阿敏好好讲讲扫地的乐趣,老家的木塔、风铃,但一直没有合适的机会。

就连上床,他们也不会说什么情话。

一次颠鸾倒凤,小海情不自禁地说了句:"我爱你……"阿敏脸色一变,立即打断:"别说了。"她的神色刺痛了小海,他突然醒悟,她在那种场合是不是听过太多这样的话?

今天会不会有点不一样?

"过去点。"小海用腿敲打阿敏的腿,"很有营养的,你看,有血旺、肉片、黄花菜、豆芽……"他一一细数。"我明天要去金佛山拓碑刻。"小海一边说一边观察阿敏,"前前后后会有两个月。"

阿敏面无表情。他摸摸她的胳膊,那股闷闷的味道又在房间里飘散开来,他的手就顺着那味道游弋了过去,阿敏不排斥。小海头皮有点发麻,他看见阿敏闭上了眼睛,在等待下文。而他自己的身体没有一点反应。

"等我回来,我们去旅行。"他把手缩了回来。

阿敏张开眼皮,嗖地站了起来,把自己往床上一放:"过来!"她带着一股恼火。

　　小海原是阿敏的客人,那时他刚来这个城市,第一眼就迷上了这里的江。这是长江的上游一座城市,支流众多,道路都是沿江环山而凿,在公交车上只见河面狭窄清幽,对面山石嶙峋,小海望着就觉得心里哪儿哪儿都不对了。
　　朋友带他一块去洗澡:"哪有男人不洗澡的?"
　　这里的澡堂和老家的澡堂不一样。老家的澡堂就是真真正正的洗澡,一个公共水池,热气腾腾,谈生意、拉家常、搓死皮,洗得白白净净。可这个城市不一样,这里是小妹给你搓背。单独一间房,有隐私,有暧昧。刚开始去的时候,小海觉得很新鲜,自己脱得光光的,洗澡小妹穿个三点式,能看不能摸,小海很快就有反应了。
　　事毕,他咬牙说下次不去了。
　　可没几天,他又去了。
　　周围没什么女人,就这三个清心寡欲的女同事,互称师兄,还经常叫他端茶递水。还不如扫地呢。他克制着不常有的情欲。
　　后来小海又换了一家离慈云寺不远的洗浴中心,800米左右就到了,客人大多是来拜佛的香客,不乏家财万贯的大老板,它还有个暧昧的名字——"挪威的森林"。
　　在"挪威的森林"认识阿敏后,一切都不一样了。

有什么不一样呢?

她很沉默,不像其他小妹,一上来就给你诉苦,说被某个老男人骗财骗色,又或者说好是要正经谈恋爱,结果家里还有一个老婆。这种故事听多了,就是套路,小海闭上眼睛,想安静一会儿,絮絮叨叨的话让他烦。

"哪样!"小海憋了一肚子气,老子花了钱,还要听你唠叨,他挥挥手,去服务台投诉了这个小妹,"态度不好!做服务工作的,什么服务!"不知何时,他也变得和当地人一样刁钻,难道是这里的山水逼人?

他来"挪威的森林"半年多了,没有一次碰见同样的小妹,她们都回避着他,眼神怪怪的,直到遇见阿敏。阿敏很安静。

小海就斗胆提议:"不如做我女朋友吧。"阿敏竟然答应了。在小海看来,这样一个对任何事都淡然的女孩,是最适合他不过的了。

"我们有大姻缘。"完事后,他悠悠地说。

"什么大姻缘?"阿敏抱着他,有了职场外的娇羞。

"很大。"

之后,他们就住到了一起。

说是住到了一起,但真正相处的时间并不多。从下午起阿敏就去洗浴中心上班了,一直到凌晨两三点才回来,有时索性不回来,第二天白天回来,睡一整天,下午和小海一起做饭,看电视评书。和阿敏亲密接触后,小海才发现她总是喜欢120度张开双腿,凳子上、沙发上、地上,好像只有这个姿势让她最自在。那股闷闷的味道随着她看电视的笑声阵阵排出,像爬坡时汽车的尾气,他有些眩晕。

有一天,小海从寺庙里弄了点盘香在家里点上,这味道可以压住阿敏的那味儿。

"把它灭了,弄得像寺庙一样。"阿敏厌烦地背过身去,合上了腿。

"扫地后,可以压压灰尘的味道。"小海掩饰着。

"真不想在这里做了。"阿敏疲倦时,会把这句话重复好几遍,今天也不例外。

小海坐到床边。"你要是不喜欢在那里,我们就不要做了。"小海一想到阿敏给其他男人洗澡时也不得不这样分开双腿,心里就不舒服。

"你养我吗?"她挑衅地问。

寺庙每个月给1500元工资,没法养,可是小海说:"好啊。等我从金佛山回来,好好计划下。"

"我们什么时候结婚?"

这话阿敏已经问过好几次。小海不知道,他突然发现今天忘记点盘香了。

"地怎么又脏了?"小海低头看地,"等我一会儿。"

■ 石燕

■ 156

扫地的时候,他平复了自己躁动的心情。他想和阿敏说却没有说出的话,让他感到焦灼,但现在他觉得不说也没关系。白天方丈说到出差的事时,他很担心失去她,现在反而不害怕了。

星星点点的窗灯弥漫开来,这就是无数的人间故事,犬吠一两声,他不寂寞。夜晚扫地凭的是一份耐心,细尘是看不清楚的,唯有手上的动作,缓慢有致,终不会差到哪儿去。等他扫完地后,发现阿敏已经睡着了。他和女性的关系一直都不怎么亲近,她们多半受不了他温暾暾的样子,陪着就好。

办公室里那堆资料还没处理完,离明天下午还有十六个小时,时间过得真快,他一样事情都没处理好。小海披上衣服往寺庙走去。

飞檐翘角在夜色中更显得苍凉。僧人们都睡去了,月光清朗,照在庙宇前栽种的荷叶上,绿叶泼洒,荷梗上,粉红色的螺蛳卵密集地附着在上面,小海觉得有点恶心。相比荷花,他更喜欢荷叶。他深深吸了一口气,没有去办公室,不如在台阶上坐坐。

妈妈此刻是不是也在乘凉呢?或者在凝望着乘凉的儿子?他仰望天空,整个屋顶好像要凌空而飞。

这一生,好像就这么无用而糊涂地过了三分之一。

妈妈,我是不是还要这样过下去呢?不想结婚,也不想努力把钱挣。他抹了抹眼泪。

家住木塔下。风铃阵阵。小屁孩也长成了少年郎。少年郎跟着妈妈做家务，扫地、擦家具、做饭。妈妈开餐馆，他就清洗大肠。妈妈说："儿子，用牙刷刷，慢是慢点，但是不会把手指抠坏，以后这双手还要留着找媳妇儿，不能让媳妇儿闻到指甲里一股屎臭，不然会打光棍儿的。"一席话羞得小海低头不语。朦胧中他知道这是件丢人的事。

最初学会的本事总是伴随一生。

后来念中学、大学，他也给宿舍扫地，同学们尊称他为"室母"。进入工作单位，他依然保持着这个习惯。

他爱扫地，为什么他们都要嘲笑他呢？连最亲密的人，也要嘲讽他。还不如这些爬山虎可爱呢，它们总是默默注视着他做清洁。

自己骨子里很像妈妈，所以才不那么招父亲待见吧？他想。

他们俩互不待见是从何时开始的呢？是妈妈不再熬夜等他回家的时候埋下的种子吧。

父亲年轻时是做木工活儿的，总是随叫随到。那些年木工活儿生意好到爆，父亲常常是在别人家里歇息，几宿几宿不回家。

妈妈最开始还要等，三十几岁的女人，穿着棉褂，坐在炕头，守着豆油灯，男人凌晨 1 点回来，她就去给男人烧水泡脚，热粥。

但是 40 岁一过，妈妈就被怪病缠上。人好像是快进着过完一生，脸青面黑，吃不下饭，拉不出屎，恶臭一股股从肚脐处渗出来。三室一厅的房子里比猪圈还臭。没有人愿意来串门,说着关心的人也强忍着恶心,看看妈妈何时咽气,好给父亲张罗婚事。

保姆换了四五个,没有一个能待过半年。小海亲自帮妈妈处理肚脐的粪便,整整半年,父亲不知去处。小海也没找工作,在家待着,想到妈妈不久于人世,他就把自己关在那味道里不出去。

妈妈离世,父亲才回来,还带了一个寡母子回家住。

"这么个大男人,还不出去找工作!啃老吗?!"父亲撵他走。

寡母子张罗着重新装修房子,妈妈的遗像被摘了下来。

离开老家的时候,小海哭得昏天黑地,自己和妈妈一同被扫地出门。他在木塔下站了很久,风铃也催促他赶紧离开。

离开——离开——冬天的夜里,声音格外凄厉。

一丝不挂,了无牵挂。梵音从天空飘下,小海坐着火车,即上即下。

出摩尼殿,向前,有牌楼,抚摸清代戒台,内有铜铸双面佛像。

茫然走过山门、牌坊、无量殿。

侧身前院中的戏台、左右廊房、献亭。

……

时间薄成细沙,小海踩在上面,晃晃悠悠,不以为意。只有游走于各种寺庙里,他才觉得自在,他要寻找的答案就在那里,可是具体是什么他说不出来,好像是那些楹联、偈语、碑刻,或者是虚无缥缈的香火。

那东西像游丝,从摩崖缝儿里蹿了出来,倏忽就不见了。

有一次,他梦见自己披头散发地奔向木塔下的那个家,"妈妈,妈妈,"他叫着,却是一片残垣荒石。妈妈的魂灵一直藏在他的身体里,他没有得到解放,在世人看来,他一无是处,吊儿郎当。他便吊儿郎当地在躺在山门前的草地上,怀念刚刚被他清扫的树叶。飞檐走角,红墙灰瓦,香火寥寥,"一夜飞渡镜湖月"。

还有两个小时天就要亮了。办公室的资料还未整理消化,小海感到迫切,但只是一瞬间。

露湿台阶,肌肤刺冷,空气更潮了。一条蚯蚓爬到脚背上。

他突然感到丹田一阵悸动。

太阳就快从荷叶深处升起来,山雀鸣叫,那声音低沉、原始、悦耳、悲哀、单一,没有变化。含苞的初荷快要醒了,池塘里有扑通的声音,那是癞蛤蟆在勾搭。禅房窸窣,僧人们快要出来做早课了。他加速了手上的动作,吧嗒,吧嗒,明天他就要去金佛山了,这是大当家的第一次让他外出拓片,还会有第二次,他会有更多的时间在碑林,在蔓草丛,像他的那些师兄一样,师兄们累了,辛苦了三五年,该轮到他了。他无牵无挂,一人吃饱,全家不饿。佛家弟子说,一丝不挂,了无牵挂。只是,他感到有些疲倦,他腰上会别一把腰刀,砍向蔓草,让掩藏的石碑裸露于眼前,还会以35度视角给它们拍照,他再也不担心阿敏无理取闹，也不用为那股闷闷的味道四处寻找盘香。从今以后，他要做一个荒草野人，妈妈、妈妈、木塔、木塔，他想回家，他看见一块岩石向着朝阳的方向，岿然不动，他很快就要回家了。

水彩课　■

父亲一进门,就看见了挂在客厅墙上的两幅油画。"画得不好。"罕有地,他这么不留情面地说,然后就坐到沙发上,目不转睛地望着那两幅画。

"哪里不好?"我赌气地问。那时我正在学国画,自认为对艺术有鉴赏力,墙上的两幅画分别画着春天和秋天的森林溪畔,看得出来,空气相当透明,山脉的轮廓、细节清楚分明。当然,它们也是一幅很好模仿的画,我常凝望它们,希望某天可以去这样的森林漫步。最关键的是,那两幅画卖得不贵,这让我十分得意。

"太死板了。"父亲盯着那画说,"油画不是这样画的。"

"这是装饰画,装饰画都是这个样子。"我一边说,一边在脑子里迅速搜寻陆家堡客厅装饰画市场的其他画作。确实如此,我说得没错,那里的所有画作都是这样。

父亲不再争辩,他把视线转向了房间里的其他布置。他已经三个月没来我的寓所了,久别重逢,或许应该聊点别的。

可是房间里除了宣纸、笔墨,就是大堆的画谱及连环画。他随手挑了一本,16开本的《西厢记》,他把书页翻得噗噗作响。"这是王叔晖的版本?我小时自己就看过王叔晖的连环画。"他回头笑着对我说,把书放回了原处。

他对于自己的童年,那是百谈不厌。而且,那也是我们在老家久谈不衰的一个话题。不过,在这个近似于简陋办公室的寓所里,我们

■ 石燕

仅仅是回忆了一下。

即便没有回忆,也要吃饭。还好我早有准备,事预先买了一瓶老白干、一些凉菜,再做个番茄鸡蛋汤,午饭凑合着有了。席间彼此话少,我的笔墨书香没能走进这个恋爱中的老人心里。父亲一人喝酒,聊了下他刚爬过的鸡足山,以及鸡足山上的枇杷酒,之后就连连犯困,和衣倒在客厅沙发上。我则外出写生,回来后,发现他已不在房间。

我的寓所离父亲现在的家并不远。55岁那年,他再婚。有很长一段时间,我们约在路边的小餐馆见面、聊天,询问近况。我不去他的新家,他也少来我的住处。他时常和新婚妻子游山、漫步,偶尔看看电影,余生,他对恋爱有了紧迫感。

然而,他再婚后的生活似乎并不如意,有时他会抱怨去菜市或超市总是由他埋单,而他每个月还要固定上缴生活费。手头拮据,影响了他余生的浪漫。不过,听说我学画以后,他不时来我这里坐坐,只是一见我提笔作画,就匆忙离开。

父亲从未教过我画画,尽管别人都说他画得很好。他13岁时的一幅水彩作品还刊登在当年的《人民日报》上,他年过半百的中学同学告诉我这些时,我并不相信。

"我小时候长得很漂亮。乌雅镇的师生都爱给我作画。"每次父亲只提这一句,幼年时的他脸蛋红润,眼睛大而灵动,人人都夸赞,爱捏他,然后以糖果诱惑他做模特。那是他印象中最可爱的乌雅镇,因为乌雅镇的人都宠他。

这一段得意的叙述在我 12 岁暑假那年集中到来,父亲的摇曳多姿的童年比我彼时的假期有趣得多。

那时同学们或参加夏令营,或与父母同游祖国河山,而我只能在父亲的叙述里幻游。多年之后,我开始怀疑,那些关于乌雅镇的事情是他的叙述,还是我寂寞假期里的一种想象?

不过他确实是在那个号称"美术之乡"的乌雅镇待过,自幼跟随他的叔叔习画,有着扎实的素描和水彩功底。我也曾偷偷翻阅他床底下的那个老箱子,里面有他少年时收集的各种书刊插图;也有水彩写生,明信片般大小,非常节约纸张;还有一些信件,是找朋友索要某些画作未果而被退回来的。

我后来被带去见他的叔叔,我的四爷爷。四爷爷仍旧在乌雅镇,退休了,老伴离世,儿女在国外,他唯有每天看看报纸打发时间。我们在那里小住几周。有时我被两个大人带到乌雅镇街上闲逛。但他们从未谈过美术,只聊些日常起居,更多的时候,他们各自看报,随手给我一本张乐平的漫画。老房子、黯淡的尘光、到处乱放的老花镜,油墨的味道,是我对乌雅镇所有的印象。

父亲在那个老去的光影里,是怎么得到快乐的?我想象不出来,只觉得乌雅镇的树叶特别脏,每片树叶上都凝着一层煤灰。水泥车来来往往，在这里大兴土木；背着画板的人们穿梭其中，各取所需。"这里要建造美术工作作坊了。"我只记得四爷爷黯然地说过。

　　美术课一周一次，完成了初级对树干、山石的描摹后，我开始学画花卉。所有大叶类的花草都是我喜欢的，尤其是荷叶，那种挥笔带来的落拓不羁，更容易让人体会到"一将功成"的虚荣。

　　浓淡、起承转合，在三分钟之内就要完成，快速生成的国画作品，冲淡了对艺术求而不得的挫败感，即使画糟了，三分钟再来一次，两个小时的课堂里，可以有无数个三分钟。对于追求经济效益的成年人来说，写意课的出勤率总是很高。

　　"看看我画的荷花。"我自得地把习作展开给父亲看，"看这叶子。"

　　他随着我的指引，小心谨慎地看下去。

　　"好不好？"我逼问他。

　　他不说话。

　　"看这里。"我指着另一幅自认浓淡宜人的花叶说。

　　他依然不说话，只是点点头。

　　我笑笑，他的样子真像我小时候。那年，我迷恋做各种小布偶，男的、女的，长发的、秃头的，不过，它们都差一张脸。父亲应允了我的要求，画几张俊男美女的脸，供我缝在我的布偶上。怎么说呢？三天后，我得到那几张脸后,差点哭起来。那些脸画得丑极了,尤其是鼻孔,怎么能这样刻意地画出来?我也许是抽泣了起来,因为父亲的手按住了我的双肩。"这么好看,大眼睛、小嘴巴,标准的美人。"

其实,我们当时都不懂,一个布偶,一个卡通脸蛋就够了。

"其实他画得没那么差!"多年后,我在国画人物里看见类似的脸谱画时,想起了父亲画的那些脸,原谅了他。

可是,现在他的表情为何如此莫衷一是?

父亲坐在我的沙发上,照例喝了我只用4元买的一瓶老白干,重复着他上次告诉我的山和鸡足山上的枇杷酒一事。我很想笑笑,表示羡慕他的生活多姿多彩,但是很难。这两周来,他是怎么打发时间的?

"你们……吵架了?"再婚后的新妻比父亲小15岁,热衷广场舞,有一双浅黄色的舞蹈鞋。

"没有——"他欲言又止,"你杨阿姨练舞去了。"

"练舞不错啊,练舞让人年轻。"

"老跟一个人跳没意思啊。"

"你说的,还是她说的?"

他没有回答我,又望着我墙上那两幅油画:"改天我来画一幅,我画得比这个好。"

"好啊,"我高兴道,"你赶紧画一幅来,到时我就把这两幅换下来。"

■ 石燕

　　几只挤瘪的颜料管横陈在地上、报纸上，一笔又一笔金黄色的海面，翻着浪花。

　　"怎么样？爸爸画得好不好？"父亲转过身来，看见了放学的我，毫不掩饰地得意。一艘帆船在惊涛骇浪上前行，金光灿灿，像极了那些年关当头新华书店里摆放的那些装饰画。

　　"怎么样？"他等待着被女儿崇拜。

　　"为什么要画这个？"我皱眉头，为什么要画和别人一样的？

　　"大海啊，多好。"

　　父亲又转过身去，继续增减波浪上的色块。那厚厚的油膏被毛刷来回折腾，粘住、站住、卧倒、倾斜，努力地按照面前这个男人的意志倒腾自己，以显出艺术本色。

　　费劲！

　　"油画要站远点看。"他拉着我后退几米，大海显现出它本身的样子，夕阳西下，金光灿烂，孤帆远行，徜徉美好。

　　他眯缝着眼睛，久久地看着自己的画。"你爸爸是个天才。"他啧啧自夸，对自己尚未消退的艺术才能由衷地钦佩。

　　那时我10岁，唯一一次看见父亲画油画。

　　他似乎并不想与自己的子女分享绘画技巧，一点都不像单位里其他父母,有望子成龙的期许,他从不教我绘画,也不引导。

倒是有很多少男少女慕名来向他学画,都是一些想考艺术院校的孩子。他悉心指导,不收学费,四处坦言"成人之美"。

在电视机上方的墙上长年挂着一幅静物画,蓝色系,花瓣洋洋洒洒地落在花瓶周围,瓶中之物仍旧傲视群英。来学画的人便会指指墙上,问:"叔叔,那是你的大作吗?"

他笑而不语。

那是父亲的画吗？我为何以前从没见他画过？

我问母亲,母亲说:"的确是你爸画的。"

而来学画的孩子都毕恭毕敬,他是这个厂矿里公认的"差点成名的画家",孩子们很认真:"他教得也认真,不管你们是画仕女还是花鸟,通通从素描、透视、立方体画起,这些都是基础。"他严肃得一板一眼。

我久久地立在习画者的身边,希望父亲回过头来亲切地问我要不要一起画画",但是,从来都没有。周日,父亲被认识或不认识的少男少女们"占有",拥挤在逼仄的客厅里,碳素铅笔涂在纸上呼呼作响,橡皮泥屑被指甲刮来刮去。春天的油菜花味带着一股春天的气息,从隔岸飘过来,闻得我心里发痒。

"他们什么时候考试啊?"我问妈妈。

"还有几个月。"

"还有几个月啊?"我不耐烦地问妈妈。母亲不再回答,她的眼睛一直盯着那几个被摆放得随心所欲的调色板,窗帘是她昨天才换过的,地板也是清晨拖过的,她也一直在同事面前骄傲地说,我们老夏对学生比专职的还要好,我们老夏从小就是在乌雅镇长大的。

"师母,帮我倒杯水。谢谢。"

"师母,能不能把窗户开大点?光不够。"

"该死——"颜料不知被谁碰翻在地,一个女孩尖叫起来,"师母,把你的地弄脏了,麻烦你拖一下。"

"我没有颜料了。"女孩沮丧地说。

"我看看。"父亲把自己的半管赭石递给她,"三只颜色就够用了,我办公室里有朱红和酞菁,明天找给你。"

父亲在少男少女之中忙前忙后,浑然不顾厨房边的母亲和女儿。每到周日午后,这个客厅就乱作一团。有邻居来看热闹,小声嘀咕:"真不收费?"

"老夏,你过来下。"母亲沉着脸。

"什么事?"父亲极不耐烦,他正在给女孩配颜色。

"我们要出去一会儿。"有一个女孩仰脸看了过来,母亲尽量让声音显得亲和。

"知道了。"父亲眼睛都没往这边看。

我一肚子气,一出门就跟母亲抱怨:"只教别人的孩子画画,从不教我画画,我还是不是他亲生的!"母亲只听不言,一鼓作气地往前走,她的手臂甩得老高,差一点扇在我的脸上。

我还是不是他亲生的?一直走到单位的后山坡上,我还在问母亲要答案。母亲却面对着那些春天里恣意绽放的花花草草有感触,那里有长得如小童般高的零星的油菜花、四五朵蛇果花、指甲大小的淡紫色二星花。我蹲下身去,把二星花摘下来,放在手指上。

"看,我的戒指!"我把手举到母亲面前,"我的戒指!好不好看?"

母亲扫了我一眼,没有表情。

"跟爸爸好玩,还是跟妈妈好玩?"

哼,都不理我,我又勾下头玩自己的。谁知道她是在问花草还是在问我?

脚下的官司草已经长了好大一片,我采了六七根,把叶子都抽掉,"官司"们被我干干净净地捏在手里,到时候回家和爸爸"打官司",这下可以打好长的时间了。

"跟爸爸好玩,还是跟妈妈好玩?"这次,母亲蹲了下来,再次问道。

"差不多。"我别扭地说。

"妹妹,"母亲突然抱住我,不顾我的不适,"妈妈对你是最好的。"

暴风雨是在夜晚突然发作的。

窗帘被疾雨濡湿了,手臂碰着它冰凉冰凉,我迷迷糊糊坐了起来,看见母亲把头摇晃得不知所云,父亲冲来冲去的身影,在屋里左右不是,卧室的房门不知被风还是被人摔得砰砰作响。撕成碎片的画,在地上乱成一团,时而卷风起舞,如兴妖作乱。

"砸,全部都砸,电视机也砸!"母亲指着家里唯一的贵重物品哭嚷道。

但是没有谁去砸电视机,只有我被吓哭了。可是我的哭声不比暴风雨大,谁都没有去关窗户,哐啷哐啷的玻璃,好像随时都要砸向我。

"妹妹乖,不哭。你是爸爸的乖女儿。"还是父亲动了恻隐之心,他把我从床上抱了起来,把头紧紧地偎在我后颈窝。

没有谁去砸电视机,我偷偷转过头来,看见怒气的母亲,仍旧坐在那里,过了好久,才去关窗户。

换了濡湿的床单,他们把我重新放下,照例是母亲哄我睡觉,她轻轻地拍打着我,她也真困了,我握着她的手,这次,一晌到天亮。

那以后的周日,父亲又回到我和母亲中间,我们三人总在一起。半年后,听说那些少男少女中,只有一个考上了艺术学院。从此以后,父亲再也没提起他们,也没有人再来向父亲学画画。

如果因什么偶然机缘提到了绘画,父亲还是那一句:"我小时候长得很漂亮,乌雅镇的人都爱画我。"

其实,在父亲离开乌雅镇不到二十年的时间里,那里出了很多享誉海内外的名画家,有的甚至上了福布斯排行榜,一幅画开口就是300万欧元,有的则官居要职,成为艺术与政要间的桥梁。如果父亲没有离开乌雅镇,那么会是个什么境遇呢?

这个问题,父亲从来没有回答过我。当然,那些艺术新贵,他一个也不认识,他们不是他的发小。17岁的时候,他就离开了乌雅镇,和现在的人相反,他们通常是17岁左右,发现自己有了或只有艺术天赋,才能在这个社会立足生存,便急匆匆来到乌雅镇,参加每个月学费1万元的素描色彩集训班,为做一个准艺术家做好准备。

"每一个智力正常的人,都能学好国画。"一旦班级里有超过一半的人近日作画不佳时,授课老师便会念这句紧箍咒。

人人都有状态不佳的时候,我也是。状态不佳时,便不能集中心思去领悟、体会、琢磨艺术中的某些门道和技巧。对一门需要凭借感性去创造美的学科而言,努力维持对生活的热爱,而且还不能被其他杂念干扰,尤其重要。

我花了差不多20张宣纸,都没能将竹节临摹好。"画竹节就像写写小楷,中锋落笔……"授课老师运笔轻巧,起肘、落腕,就像孙悟空念句口诀可以腾云驾雾,我念了口诀仍是呆鹅一只。

"要不我们先练练书法?"同学中有人嚷道,随即有人附和。我循声望去,默认加入了他们的喧哗。

■ 石燕

　后窗的豌豆已经开花，像赤尾蝶翘在沿儿边，没有谁采摘这些老掉的植物，一任它们自生自灭，蓬勃衰败。

　这花倒是可爱，有淡彩的味道，若是用国画着笔，既浓烈又深沉。看来国画也不能画尽心中之意，一开始选它，以为简单易取，三分钟速成，其实错矣。

　一段时间里，我对国画的领悟像是停滞了，连以前某些画作的水平都不能达到，让人十分沮丧。顺便提一句，我并不是职业习画者，我也有一份还算拿得出手的工作，和大多数成人习画者一样，仅仅是为了填补某种自以为是的天赋，虽不迷信大器晚成，但也不愿瓦块垒墙，从素描、透视等地基建起，我们随时可以为工作牺牲这奢侈的天赋。

　一旦功败垂成，就推托是成年人的游戏。

　可是没有人来说透这点。

　不然多沮丧。

　我放下画笔，不临摹，不写生，找出几幅旧画，想拿去装裱，挂在墙上，以示鼓励。看人装裱的过程十分喜悦，有瓜熟蒂落的安详。

　之后，坐车回家，等几日后装裱店老板的电话通知。

　不作画、不上课的日子变得轻松。我开始日日沿着卸荷大道漫步。这是我家附近的一条休闲步道，两边的香樟树已有三十多年树龄，互抱住对方的枝蔓，结结实实地遮盖了天空。各种日式、美式的便利店遍地开花，虽然价格比本地的偏高，但其中的甜品非常精致。每到店中，我都会流连一番，KITTY猫、狼吻之等慕斯蛋糕，造型花哨，口感却清爽。也许是因为甜味能消除人的压抑，小食一番，走出店后，顿觉生活可爱。

如果走到卸荷大道的西边转向，那里有个路牌站，有兴趣的话，可乘车两站路，再走过一个十字路口，就可直达父亲的新家。

他的新家，精装两居室，我仅去过两次：一次是他新婚，我送红包；一次是他意外跌倒，我送他上医院。那两次，杨阿姨均在现场，十分隆重地接待了我，她的浅黄小皮鞋摆在门口，和我父亲蒙着白尘土的鞋子一起，让我疑惑这里究竟谁是主人，谁是客人。她主动和我聊天，指着房间里她细心布置的一切，连我屁股下坐着的沙发垫都是她用毛线一针一针钩的。

她和我母亲确实有不一样的地方，那也许是让父亲鼓起勇气再度步入婚姻的一个原因。

最后一次，她为我端茶倒水，并在不经意的时候说，会恪守妇道为我父亲送终。

我没有再去那个地方拜见过杨阿姨和我的父亲，这些客气行头，我想更适用于高级西餐厅。

不过那天，有些意外。

我吃完甜品后，鬼使神差地真的按照这种路线前行了。没有一点犹豫，顺理成章，觉得生活特别可爱。我在十字路口等待红绿灯转换时，特意看了下我手中的 KITTY 猫——一只草绿色的慕斯蛋糕，老年人都喜欢甜食，这也算是投其所好吧。然后，我就看见了父亲，他和杨阿姨并肩而立，各自把头扭向一方。

人行道的绿灯一亮，他们立即马不停蹄地前行。尽管父亲高，但杨阿姨还是走得比他快，她盘起来的头发略微倾斜，让她拥有了一种骄傲的神色。他们过了马路，却没有在公交车站停留，而是一直向前，父亲像一个保护神一样始终走在她后面。我打通了父亲的电话，想问问他准备去哪里，但是电话一直没有接。我尾随了几步，看见他似乎停了下来，在身上摸索，然而杨阿姨没有停下来，他东张西望了一下，又快速地追赶了上去。

他们消失在密密麻麻的人群中，像是去看一场即将开始的电影。

那会是一部什么样的电影呢？我努力搜索近日影讯，实在没有头绪。掉头回家。

父亲是第二天到我寓所里来的，没有打招呼，他大概是算准了中午 1 点我会在家里似的。

"送给你的。"我把冰箱里的 KITTY 猫递给他，还好昨天没有吃掉。"很好吃，你一定要吃。"我嘱咐他道，"这可是我特意给你买的。"

他惊讶地望着我。

"昨天买的，看见你们在路上，好像吵架了，就没过去了。"

父亲叹了口气,一副不知话从何说起才好的样子。

"你们经常在外面吃饭吗?"

"有时候。"他顿了顿,"其实,越老就越不喜欢在外面吃。在家里喝两杯,看看电视……"

"杨阿姨不常做菜吗?"

"她儿子要结婚了,她想把这个房子让出来做新房。"

好一会儿,我们都没有说话。

父亲再婚不到两年,又要面临着为子女牺牲个人生活的局面,这对他来说,是个两难的事。独居八年后,再度步入婚姻,他是否预想过有今天这一出?或许他认为一切都在他的掌控范围里。

我无话可说,只好给他倒一杯老白干。

"我现在也喝不了多少了,"父亲伸出舌头让我看,"这里长了痘,一喝酒就痛。"但他还是抿了一小口,腮帮连抽了几下,说不出是痛感还是快感。

"去医院检查过吗?"

父亲摇摇头,连话都懒得说了。

他又指指我墙上的画,那是我新装裱的一幅国画《恋菊》。

"临摹的。"我说,"最近没有状态,好像刚开始画的似乎要好些。"

他大概是微醉了,想要睡会儿。我扶他在沙发上躺下时,他提出想抱抱自己的女儿。我僵硬地把身体迎了过去,肩头上落下一个软弱的父亲。"你是我此生最亲的人。"他低声道。

父亲睡下,合上了眼睛,而我坐在他对面的椅子上,目不转睛地看着这个绝好的模特,沙发上的老者疲惫、浑然、坚持、隐忍,一动不动。我想,我应该可以把他画下来,只需要好好地观察下,再观察下:他17岁那年,距今三十年,他提着一口磨旧、张口的牛皮箱,千里迢迢,一路颠簸,从"东风"大卡车上跳下来,拍拍裤管上的尘土,触目荒不可及的农田,有个戴草帽的领导向他走来,伸出了粗糙的大手:"欢迎欢迎,农村天地,大有作为!"他知道,属于他的时代结束了。

単行道 ■

一

产后的陶玉丹非常虚弱,孩子是剖腹产的,比预产期推迟了25天,长时间的阵痛伴随着流血过多,她已经筋疲力尽。产后她在病床上整整昏迷了14个小时才苏醒过来。14个小时后,她看见了一块焦黑豆腐似的女婴躺在身边的小床上。

这也是她第一眼看见女儿。

"怎么你老公都没有来看你呢?"护士小姐不高兴地填着陶玉丹的产后报告。"有家人吧? 也不来看一眼?"护士抬头询问她。陶玉丹像没听见一样,微笑着朝小婴孩努努嘴,小孩睁不开眼睛,丑极了。护士瞥了一眼说:"连个探望的也没有。"陶玉丹忍着。从住院起,她就沉默寡言,不搭理任何人,甚至对医生也是懒洋洋的态度。眼下既没有人陪伴,也没有人来嘘寒问暖,小护士才从卫校毕业,快人快语。护士长安排她来照顾这个乖僻的病人,小护士极不情愿。住院的这几天,就数陶玉丹的病床最冷清。小护士尽力开导她,说家里人真不懂事,要帮她打电话,被陶玉丹阻止。小护士说产妇最需要关心,陶玉丹说不想添麻烦。小护士说:"那好吧,把医院当家吧,我们会尽量给你温暖的。"没想到陶玉丹像中了邪一样,把身边的茶杯砰地砸在了地上。小护士被弄得一肚子委屈,跑到护士长那里诉苦,坚决要求调换病人。护士长说算了,产妇都是很敏感的,迁就一下就行了。小护士被打发

■ 石燕

回去,也不合作了,两人阴脸对着阴脸。填完资料后,小护士头一甩,丢下一句公事公办的"有事叫我"就出去了。

医院里的消毒水味道让陶玉丹很难受,再加上她不喜与人交流,提前出院了。身子还是有些虚,她一手抱小孩一手扶住后腰,打了个的士回家了。她先让司机在菜市场停下,菜市场的地上永远积着一层水,两边是凌乱的菜叶、堆放的箩筐,陶玉丹小心翼翼地蹚过那些污迹,抱着婴孩有些摇晃。卖家禽的远远看见她便吆喝起来:"四块五一斤,四块五一斤。"一股屎臭扑面而来。陶玉丹让小贩给她挑了一只比较肥的老母鸡,付了钱,选了几样蔬菜,蹒跚着走出了这充满污臭的巷道。

屋子是新近租的一个老房子,几天没有人住,桌椅上便有了浅浅的灰尘,陶玉丹用鸡毛掸微微地掸了一下,又光鲜了。电话的颜色有些发旧,有些伤感,总让人想起过去。和蒋东华离婚前,时常有些热闹的电话,虽然大多是蒋东华的客户,也是一种与外界联系的保证,陶玉丹的朋友极少,几乎只有丈夫蒋东华一人。可惜这样的日子也只有半年,她和蒋东华的婚姻只维持半年就结束了。她和家人已经断绝了来往,大哥和嫂子去美国了,父母在重庆师范大学里以老教授的身份颐养天年,她很少去探望他们。

只有这个婴孩还是她的,当然也是蒋东华的。离婚的时候,她已有了两个月的身孕,她没有告诉蒋东华。婚姻走到这一步,不免回想当初，蒋东华是不想娶她的，不过是自己太想结婚了而已，她的生命中只有这个男人在关心她，只是美好的事情到了她这里都会变得很糟。比如，父母从小就让她做个听话的乖学生，结果她物极必反，凡事都不言语，性格也逐渐乖僻；父母把她弄到全市重点中学去，压力太大，她没有考上大学，复读了两年，终于考上了四川美术学院。她在美术方面倒是有些天赋，但因为是复读，在高校里工作的父母自觉丢了不少脸，在家里便常数落她的不是。母亲汪蝴姬是学校里的会计，原本是个分厘必争的人，但是在象牙塔里待久了，也会不自然地把自己往文化人身上靠，沾上文化气息。有时候她还指点陶玉丹的父亲看看什么书，结交一些什么人。儿子陶玉畦是汪蝴姬最大的骄傲。他是汪蝴姬多年来悉心教导出来的模范。陶玉畦在重庆师范大学里教美术，找了个搞计算机应用的好媳妇，媳妇能耐大，先出国进修，最后把一家人都弄去美国了。汪蝴姬也打算按照这套成功的理念来培养陶玉丹，但总是适得其反。陶玉丹是个外冷内热的人，如果不日夜呵护、浇灌，反倒会健康成长，她有些像父亲陶邦帧，大多数时候是沉默的。她以沉默的方式同汪蝴姬较劲，从幼年到青春期再到成年，就这么沉默着成长起来了。

对于陶玉丹的婚姻，家里是没有一个人同意的。蒋东华是什么人？一个结过婚、割猪草长大的农村伢，趁着改革开放这几年，四处倒腾，发了，一个靠建筑起家的包工头而已，陶家的女儿怎么能嫁给这种人呢？这首先遭到了母亲汪蝴姬的反对。

"不行，你要跟这种人结婚，我们就不参加婚礼。"

"是啊，玉丹，婚姻这种事要慎重对待。"父亲则委婉得多。

"玉丹，你昏头了？你们两个根本就不是一个层次的，你们在一起以后问题就大了。"哥哥一副成功人士的模样，那时嫂子已经出国了，他和5岁的小女儿都在等着办理出国手续，全家人都为他骄傲。

"不用说了，我是来通知你们的，不是来和你们商量的。"陶玉丹的神情冰冷如铁，缓缓地站起身，将扶椅上的包挎在肩上，拉开家门。

"你要是就这么出去，以后就不要回这个家，我没你这个女儿。"母亲在身后，声音尖厉。

陶玉丹的心一阵冰凉，就冲这话，她铁了心也要和蒋东华结婚。

婚礼很仓促，蒋东华请了自己的几个朋友，都是建筑工地上的，吃了个便饭，算是仪式了。蒋东华的父母也没有来。

"以为自己女儿多好呢？家务事都不会做，一点为人处世都不懂，不去，去什么去！"蒋东华的母亲是个泼辣的农村妇女，毫不顾忌地同亲家翻脸。

婚礼上，陶玉丹的脑子里隐隐掠过"始乱终弃"这个成语，但是她马上否定了自己，也许是酒精作用，头脑发昏所致。

不过算来算去，蒋东华还是对她最好的一个人。至少他从来没有说过她"孤僻",他也从来没嫌弃过她平板的身材和普通的相貌,他总是能够说出一些漂亮的动人的话,他最常说的一句就是:"你是我见过的最有女人味的人。"他说那是骨子里的女人味,只有见过大世面的男人才能看得到。陶玉丹为此深深沉醉,像她这样能找到理解自己欣赏自己的男人,就已经足够了。她要和他结婚,不管他是否有过婚史,或者身份低微。

婚姻不是一厢情愿,婚后蒋东华的话就越来越少,在外面的时间却越来越多,直到有一天她打开房门,发现蒋东华和另一个女人相拥而眠。蒋东华很从容地给她解释那是他的前妻,一个来城市打工的农村妇女。陶玉丹是不会闹的,她是有文化的人,不能和农村妇女还有那个靠买了一张城市户口就扬扬得意的暴发户一般见识。"我反正都是和自己的老婆睡。"蒋东华无耻地说。这是最让陶玉丹气短的话,她的逻辑和他的逻辑无法一致。她要离婚,这是一个涉及尊严的问题。蒋东华也没有做过多挽留,两个人就算心平气和地离了。但是陶玉丹不能真正地心平气和,她唯一爱过的这个男人,就这样她又抛到了形单影只的日子里去了。她什么都没有了,她要留下这个孩子。

离婚后,陶玉丹搬了家,联系了一所职业技术学校教美术,工作清贫。可喜的是,周围的人没有一个认识她。她喜欢陌生的环境,并不是她喜欢挑战,而是她终于又可以将自己忽略,让别人忽略。

石燕

孩子已经喂过了奶,安静地闭上了眼睛,陶玉丹把他轻轻地放在婴孩床上,自己坐到了电脑面前。没有新的电子邮件,她随便登录了几个网站。这几年同学录盛行得很,大学里的同学录她都已经很少去看了,大学同学都很生分,没有什么必不可少的感觉,只是了解一下大家的工作走向。突发奇想地,她想去找找中学是否也有这么个同学录。出人意料,她竟发现了洋河中学高1994级1班这个目录。她轻轻地一点击,竟然进去了,而且还在里面发现了许多熟悉的名字。朱风、简芸、牛梦瑶、杜家庆,还有苏明,怎么都出现在这里?算一算,有十二年没有联系了,陶玉丹都以为这些昔日同学也理所当然地割断了过往,朝着没有过去的新生活前进了。结果,毫无设防地一个个生龙活虎地出现在她面前,她真要高兴得疯了。那种疯是要为自己即将摆脱掉寂寞和孤僻的疯,是再度被他人重视和唤醒的疯。陶玉丹看了一下同学们的留言,新奇又感动,原来大家彼此都没有遗忘,还留下了手机号和工作地址,只是各自的生活已发生了翻天覆地的变化。柳淳还把自己的结婚照片发到了班级相册里,想那时她还是一个喜欢打篮球的大大咧咧的女孩,原来也如此娇羞。陶玉丹满怀激动地写下了自己的留言:"今天才发现原来洋河中学高94级1班还有这样一个同学录,分别十二年了,倍感亲切。大家还好吗?我曾经的同桌杜家庆还好吗?苏明,你还好吗?好久都没有联系了。重回到高94级1班集体的怀抱,真让人感慨。希望和大家取得联系。电话……"写到这里时,陶玉丹迟疑了一下,到底要不要写呢?算了,写吧,反正也没有几个人会真的打来,她就郑重地写上一串号码,心里长长地舒了一口气。

有了同学录的日子,陶玉丹的心里就舒坦了许多。做饭的时候,奶孩子的时候,甚至一个人孤独上班的时候,她心里都时时刻刻挂念着同学录上的同学,现在她的生活中已经有了两件重要的事情:一是孩子,二是同学录。心中有了惦念,日子就不会觉得漫长。陶玉丹猜测着这些同学可能会变成什么样子,可能会从事什么样的工作,他们在工作中可能会表现出什么样子,还回忆着过去那些美好的少年时光……她被自己的这些想法甜蜜地左右着。她偷偷地乐着,原来一个人孤僻并不与没有朋友有关,她陶玉丹还有什么?没有亲情,没有爱情,可是她照样快活,很少快活的人对于快活是很敏感的,他们总是能抓住有限的时光去享受它。

晚上,陶玉丹还是照常做饭,孩子仰面躺在床上,双手向空中抓着,咯咯地笑。电饭煲冒出一个个热泡,青葱在刀下散成颗粒映入眼帘,绿的白的,颜色煞是好看。突然电话响了,陶玉丹以为是邻居家的声响,没有在意。"丁零零——"这下,电话铃响得悠长而执着。是自家客厅的,会是谁呢?她愣了一下,脑海里突然闪过同学录,她有些迟疑地任菜刀悬空,电话铃坚持不懈地响着。

"喂,请问陶玉丹在吗?"

"哦,我是,请问——"

"你是陶玉丹啊,你还记得我是谁吗?我是杜家庆啊,你高一的同桌!"

"杜家庆!"陶玉丹惊奇地叫起来,"是你啊。"

"对啊,我是在同学录上看到你的留言才给你打的电话。还好吗?都十二年没有见面了,你现在在哪里工作啊?"杜家庆一口气说了好多话。

"哦,是吗?"陶玉丹握着话筒兴奋得不知道该说什么好。

"喂,你在听吗?陶玉丹!"

"在,在,我现在在一所职业中学教美术,你呢,你在哪里工作?"

"我也在做教员,后勤工程学院的教员,什么时候一起出来坐坐啊?好久不见了,老同学,怪想念的。"

"好啊,好的。"

两人挂了电话,陶玉丹的心就活了。杜家庆,那个在高中最喜欢惹她生气的男孩子,一上课就喜欢接话的男生,又活脱脱出现。他的声音有些变了,不再像中学时的鸭公嗓,倒是有几分浑厚,她没有听出来,但是这又有什么关系呢?他们不是已经联系上了吗?朦胧的青春的记忆如今剩下的只有欢快和轻松。

## 二

　　清风渐长,陶玉丹和杜家庆是在苏宁商场门口碰见的。在这个城市里,苏宁商场是国美电器最有力的竞争对手,在苏宁还没有进驻这个城市前,国美一直独吞低端客户,苏宁和国美的市场定位差不多,又是新进的商家,各种优惠打折只能让国美白白眼红。已经开业三个月了,苏宁商场的人气依然不减。陶玉丹好不容易从人流中摆脱出来,心满意足地欣赏着才买的电动婴儿车,鹅黄的纱帐,天蓝色的车柄,纯净又明快,关键是还能遥控,这一点就让人省心不少。门口依旧人来人往,陶玉丹站在一个稍微靠边的角落休息,人太多了,不当心就踩着谁。就在这时,她看见了正在指挥装运冰柜的杜家庆,开始她觉得这个人很面熟,还穿一身军装,对了,好像是在同学录上的班级相册里见过。"哎呀,这不是杜家庆吗?"陶玉丹大叫了起来。杜家庆转过头,看见一个衣着灰色的30岁左右的女人,一半是沧桑一半是天真的眼神里扑闪着惊喜的光芒,似曾相识。"陶玉丹啊,不认识了?前几天你还往我家打电话呢。"

　　"陶玉丹!真是你啊!"杜家庆也惊喜地叫起来,"真是相约不如偶遇。"

　　门口的人看见这两个半大不小的成年人大惊小怪地叫起来,不禁都往这边看来。杜家庆这才觉得自己一身军装,似乎有些不妥。

"我们不如找个地方聊聊。"

"你的冰柜——"

"没有关系,他们会送货上门的。"

"怎么,有小孩了?"杜家庆瞅着她的婴儿车。

"嗯。"陶玉丹点点头。

"还是女人幸福啊!"杜家庆故作潇洒地感叹。

"你不是挺好的吗?"

"你们还有老公疼,孩子疼嘛。"

"怎么——"

"我孤家寡人一个,想疼个人也没有啊。"

"是吗?"陶玉丹觉得杜家庆一点也没有变,还是那么喜欢贫,穿上军装也这样,"那你疼我好了。"陶玉丹也跟他开玩笑。

"那敢情好。"杜家庆眼里掠过不易察觉的暧昧。

春天的风很大,三峡广场上的广告彩旗被吹得呼呼作响,一些孩子欢快地奔跑,粉嘟嘟的屁股在开裆裤下若隐若现,陶玉丹想起了自己的孩子,他也会和他们一样可爱的。

他们选中了一家露天的休闲吧,坐下。旁边便可看见微缩的葛洲坝景观,哗哗的水流一泻而下,一些小水珠飘浮在空气中,湿润着人们的脸庞、手臂,让人有了不动声色的喜悦。

"结婚了？小孩多大了？"

"还不到一周岁呢。"陶玉丹笑笑，"你呢，怎么还不结婚呢？"

"不如你帮我介绍一个好了。"

两人相视一笑。春天真好，有太阳有微风，陶玉丹和杜家庆坐了整整一个下午，从中学时期的同桌趣事聊到各奔东西的同学，再到这几年大家的经历，觉得真是沧海桑田，感慨不已。他们说了这么多话，竟连一壶茶都还没有喝完。陶玉丹在这个下午状态特别好，她和杜家庆争着说，不时还有清脆的笑声响起。她很久没有这样开心地笑过了，和异性这样心无芥蒂地开怀大笑，和蒋东华、父母、哥哥的战争几乎让她忘了自己是个可以去笑、可以去快乐的人。好像这么多年的沉寂就是为了今天的愉快。命运真是太吝啬了。此时，她也忘了自己是个离过婚有孩子的30岁的女人，全身心地放松。

"你变了，变得比以前可爱多了。"杜家庆由衷地说。

头顶的云彩开始变红，天空有了一些酱紫色的味道，太阳也收敛起白天的光芒。

陶玉丹笑笑，她多希望这一刻长留啊，多希望一直给这个眼前的高中同学这些美好的感觉啊："你也是，不像以前那样淘气了。"

杜家庆看了看手表："不早了，我送你回去吧，不然你老公要怪我了。"

陶玉丹抿了一口水，看看天边，单眼皮低下又抬起："我离婚了。"

"哦,是吗? 对不起。"杜家庆有些不知所措。

陶玉丹笑了:"不早了,送我回去吧。"

上车的时候,杜家庆帮陶玉丹叫了一辆出租车,替她把婴儿车放置好。隔着后窗,陶玉丹看见杜家庆在目送她,心里一阵暖意,多好的同学啊。她心地单纯,还没有意识到自己已经开始迷恋他,她仅仅是认为他是一个不错的同学。

回家后,陶玉丹意犹未尽,吃完饭,安顿好孩子后,她习惯性地登陆了洋河中学高94级1班。

"玉丹,我是苏明,终于联系上你了,我太高兴了,你在哪里?"

"阿丹,我是陈唯唯,你在哪里? 想死你了。"

"陶玉丹,我是朱小静,现在在哪里?"

"陶玉丹,我是……"

"陶玉丹,我是……"

"陶玉丹,我是……"

陶玉丹看得眼睛都模糊了,原来这么多人都还惦记着她。苏明,那个在中学时她最喜欢的女孩,失去了八年的联系终于又恢复了,她高兴得眼泪都要流下来了。她慌忙地打开电子邮件,那里静静地躺着苏明的问候。

"玉丹,你好吗? 我现在在厦门,在戴尔计算机公司做财务经理,很久没有联系了,时常想起你。你现在过得怎样? 生活好不好?

盼复！"

"苏明，你好，我在重庆一所职业高中教美术，自从大学毕业失去联系后，就再也没有你的音信了。还以为永远都联系不上了呢。这下可好了，好多话想跟你说，又不知从何说起。"

发完邮件，陶玉丹静静地躺在床上，婴儿恬静地睡着了。孩子到现在都还没有名字，她想给他取名叫陶楠，楠是一种生长在南方的常绿乔木，有着极为旺盛的生命力，她一想到楠树的时候总是下意识地想起苏明。苏明，从高中起就是个明星级的女孩，一直是她的偶像，苏明的开朗健谈、凡事必争的性格与陶玉丹形成了强烈的反差。奇怪的是，苏明非常喜欢和陶玉丹交往，但陶玉丹认为，苏明其实是喜欢和许多人交往，这很多人里面不过是包含了她陶玉丹而已。陶玉丹喜欢苏明的同时，心里又藏着深深的自卑，陶玉丹觉得自己不应该比她弱，好多事情她其实可以去争取的，但是现实就摆在面前，她的工作更出色，机遇更好，报酬更高。大学毕业后，她们就真正失去联系。陶玉丹经历了人生最难以适应的时期，她不擅与人交往，处处碰壁，工作不如意。当时她和哥哥同在一所大学里任教，哥哥是个会交际的人，在学校里得了不少荣誉，年年都被评为优秀青年教师，待遇也提高了不少，当然这也仰仗了陶玉丹父母的关系。但是陶邦帧是比较怕是非的人，总觉得自己家一个孩子受了照顾，另一个就不好再照顾，怕别人说闲话。这样下来，陶玉丹的发展就受限制得多。

■ 石燕

■ 194

　　本来陶玉丹就比较内向,碰到关键性的事情,更不知如何争取。即使她在大学时期的美术作品一直受到好评,奈何工作中一直难有出人头地的机遇,性情也变得越来越抑郁。被单位和家庭两头夹磨的她,开始试图摆脱这种局面。但是困难比想象中更大,有时她甚至想到了死,她把不满的情绪朝家里发泄,常为一点小事怪父母,为什么要生养她又什么都不给她,她恨父母给哥哥创造了这么好的条件,而自己还要过着颠沛流离的生活。有时候因为朋友的关系,她又能接上一些广告图来画,心情又好一些。在这样的反复中,慢慢平和下来,她在外面租了房子单独住,也把学校里那份受气的工作辞了。很多事她不再看得这样重,人各有命,自己开心就行。然而,就在这外面漂泊的三年里,她遇见了蒋东华。她本来是不把这些暴发户放在眼里的,对蒋东华却表现出与众不同的欣赏和迷恋,那段时光是陶玉丹最得意最舒心的时光。是谁说过,快乐的时光总是走得最急的?接下来的事自然就是结婚离婚生孩子。五年里,她就走完了一个女人一生的历程。

　　杜家庆开始真正约会陶玉丹了。他开始不露声色地跑到陶玉丹学校去找她,第一次说看看校园,第二次说看看学生,第三次就说看看办公环境,然后就顺理成章地和陶玉丹一同回家,到她家里吃晚饭。杜家庆似乎也很喜欢这个小婴儿,每次总是能逗得他唧唧咯咯地笑,陶玉丹在厨房里洗碗时,听见这笑声,就有些恍惚,好像那孩子就是有父亲的。两个人心里就像有了默契一样,谁也没有对谁说过"我喜欢你""我想你"之类的话,杜家庆一个电话打来说:"我过来找你。"这头说:"好的。"两个人就一起吃饭,哄哄孩子,一起散步,聊的都是愉快的话题。杜家庆从来没有问过她为什么会离婚或者前夫是怎样一个人之类,陶玉丹也没有问他以前的感情生活,好像都在回避,他们大多数话题都是谈论中学那些共同的记忆,还有现在工作单位里的事情,他们互相分离的那段时间对他们而言像是失忆了。

一天,陶玉丹做完了家务又开始上同学录,跟杜家庆相处这段时间她已经连续几天疏远了网络,打开电子邮件发现了苏明发来的好几封电子邮件。

"哎,你知道现在苏明在戴尔计算机公司做财务经理吗?"

"知道。"

"真不错啊,她可能是我们中学班上混得最好的女生了。"

"她是很厉害。"杜家庆拿着一个小熊玩具正在逗小孩。

"她现在又调到上海分部了。"

"真的?"杜家庆自觉有些失态,马上转化了口气,"那他们不是要两地分居了?"

"她说她男朋友辞职和她一起过去。她刚才发的邮件。"

"是吗?"说话的当儿,杜家庆已经直视陶玉丹,陶玉丹本来一直在看电脑,这下也转过头,看见了杜家庆不同寻常的眼光,他的眼光火辣辣的,有一种年轻男人的光芒,陶玉丹觉得体内微微一震。

"她是个让人梦想的女人,外表看上去与世无争,实际上精明强干。她不需要依附任何人,能够得到她的男人必定是优秀的男人。"陶玉丹将视线对着墙壁,沉醉在自己的感叹中。

杜家庆已经走到陶玉丹的身边,他轻轻地抚摩她的双肩,陶玉丹感觉到他鼻孔里呼出的气息,在颈项间穿梭,身体不免一热。

"你也是个优秀的女人,和苏明完全不一样的类型,只是需要非常特别的男人才能发现。"

陶玉丹的头发拂在了杜家庆的额前,微微渗出的汗液将它弄湿了。他轻轻地拨开,非常细腻地吻了她的眼睛、脸颊、耳朵。孩子和小熊好像已经睡着了,这个宁静的夜晚仿佛是特意为他们两人而准备的。一切都是水到渠成的,他们轻柔地、缓慢地进行着这件事,尽可能地让对方感受着温情,终于两个人都长长地舒了一口气。没有月色,窗外的路灯透过缝隙照进来,还有不知名的小虫在鸣叫,这个夜晚多么美好!

"你以前有过女朋友吗?"

"有过。"

"漂亮吗?"

"你认识的。"

"是吗?"她坐起来,微笑着拍打他赤裸的胸肌,"是谁?"

"很久以前的事了,不用再知道。"

陶玉丹马上又微笑着躺下,把手枕在头下:"是啊,都过去了,今天一切才开始。"

两个人又痴痴地看着窗外一阵。

"玉丹,你知道吗?我的初恋是苏明。"

没有回应,陶苏明已经睡着了。杜家庆深情地望着她,帮她拉好被单:"睡吧!"

杜家庆开始以男主人的身份出现这个单身母亲的家里,下了班,他会主动到菜市场买菜,如果陶玉丹没有回家,他就先把饭做好,如果他比陶玉丹晚回来,就会帮着收拾屋子做些其他的家务,两人进进出出俨然一对小夫妻。由于陶玉丹住的地方离杜家庆的工作单位并不远,晚上,杜家庆就在这里住下,第二天乘车去单位。杜家庆对这样的生活很满意,平淡中有温情。但他还不敢对陶玉丹提结婚的事,他隐隐觉得陶玉丹对结婚有心结。

和往常一样,两人忙活完了,一起安静地看电视。

"玉丹,咱们去买个像样的房子吧。"

"你要买房子?"

"我说我们,一起的。"

陶玉丹盯着他。

"以后结婚了,不可能还是租房子吧。我存了一笔钱,我想先把这两万块钱的存折放在你这里。"说着,他递给陶玉丹一本红色存折。

"存折你自己留着,到时候再说吧。"

"什么到时候?你不想结婚吗?"杜家庆半开玩笑地说,"拿着,拿着,又不烫手。"

"好吧,我就先替你存着。留着给你办后事。"陶玉丹笑着说。

"你敢咒我死,看我怎么收拾你。"杜家庆说着就去咯吱她。

"好了,好了……"陶玉丹假意求饶,又反过来咯吱他。

两个人笑作一团,婴儿床上的婴孩不知道什么时候也咯咯咯笑起来。

"瞧,你把孩子又弄闹了。"

"错了,这不是闹,这是笑,连孩子都同意了,你怎么还不同意?快说,说同意。"杜家庆又咯吱她。

"好了,我同意。"

两人笑着、闹着,在床上又滚作一团。

五个月后,两人开始筹备婚礼。陶家听说陶玉丹要再婚了,惊讶得不得了。虽然早已断绝了母女关系,汪蝴姬还是有些担心女儿,碍于面子,她建议丈夫去关心一下陶玉丹。陶邦帧苍老了许多,儿女不在身边,更年期的妻子又一直折磨他,小心翼翼地相处,换来的是身心的憔悴。

"真的要结婚了?"

"嗯。"

"对方是哪里的?"

"部队的一个教官。"

"哦。小孩好吧?"

"还行。"

父女的话都很简短。

"什么时候回去看看母亲,她也老了。"

"嗯。"

父女俩几乎没有什么话说,沉默里有着别扭。没坐到20分钟,陶邦帧就起身要告辞,陶玉丹也没有挽留,正待送父亲出门时,婴孩不合时宜地哭起来。"刚才还睡得好好的。"陶玉丹小声咕哝,然后就走过去,把孩子从床上抱起。婴孩的脸蛋红扑扑的,眼睛眯成了一条缝,看见后面的陶邦帧,伸着双手冲着他在空气中狂抓。陶邦帧一看小孩的可爱相,就笑了,他情不自禁地走过去,拉着婴孩的小手,嘴边也浮现了笑意:"你好啊,小毛头。"婴孩像是能听懂他的话似的,又哽咽在那里。陶玉丹奇怪地看着父亲,不知道他用的什么方法制止孩子的号啕大哭。"我能抱抱吗?"父亲征询着,实际上,孩子的双臂已经扑向他了。"多俊的孩子啊。"陶邦帧在他的脸上亲了一口。"你小时候也是这样。"陶邦帧把头转向陶玉丹,眼睛却没有离开孩子。陶邦帧又逗了一会小孩,孩子安静了,陶玉丹接过,把他放回床上。"什么时候让你母亲也见见,她其实很喜欢小孩的。"陶玉丹点点头:"结了婚,我们一起去看她。"

父亲下楼的姿势有些缓慢,陶玉丹很自然地搀扶他,让他没有丝毫察觉。"你妈也很孤单,我让她养只狗,她又嫌脏,其实她很想念你的。你哥到那么远的国家去了,你也不回来看看,内心总是失落。"父亲一路唠叨着走完了楼梯。陶玉丹没有说话。走到大门口时,陶邦帧想起了什么似的,说:"你哥哥寄了几张照片回来,什么时候过来看看?"陶玉丹点点头,其实她和大哥一直在保持着联系。她知道小侄女快念中学了,非常习惯美国的生活。不过她没有说。

杜家庆白天忙碌着选购床上用具和厨卫,晚上则清点一天的开支。楠楠已经过了周岁,似乎没有那么闹了,陶玉丹的课程因为学校放假,也相应减轻了一些,可以有更多的时间来照顾小孩。但是在选择灯具时,他们发生一点不愉快。陶玉丹预订了一套做工比较精细的明亮的灯具,回到家后,立即遭到了杜家庆的反对。

"弄那么亮干吗?像工厂车间一样。"

"明亮好啊。我就喜欢明亮,再说,小孩子也怕黑。"

"你也不是小孩子,我们把楠楠那间房多弄几个灯就行了,其他的还是换了吧。"

"多麻烦啊,再说我今天跑了一个下午才选的这些灯具。"

"家里的灯光弄柔和一点就行了,感觉温馨,弄那么亮感觉像在教室上课一样,挺紧张的。"

"你紧张什么？你有什么见不得人的事？"陶玉丹为了装修跑了一整天,回家后没有一句安慰话,反而怪她没有做好,一肚子委屈像炸药一样炸开了。"我就不懂,你为什么喜欢那些昏暗的灯光,就像现在这样？你知道我什么感觉吗？我就觉得可怜,相依为命的可怜！"

"相依为命有什么不好？我来之前,你不是也和楠楠生活在这样的灯光下吗？"

"那不一样,这是租的房子,没办法改变。"

"是你有心理阴影,需要借助明亮的灯光来驱散它吧？"杜家庆开玩笑道。

"你为什么总喜欢把自己隐藏起来？"陶玉丹反唇相讥,"你喜欢那种昏暗的感觉就去酒吧找好了,到我这里来颐指气使。"

"你至于吗？"

"这不是至于不至于的问题,是你对我不坦诚！"

"越说越离谱了,我对你还不够坦诚？"

"你心里清楚。"

"你都是当母亲的人,怎么还跟小女孩一样胡搅蛮缠？"杜家庆按捺不住火气了。

"这叫胡搅蛮缠？杜家庆，你不要把你过去那些没撒完的气往我身上撒！这灯我就不换了。"陶玉丹扭头，转身，到婴儿床跟前，孩子因为太大的争吵声，吓得哭起来，陶玉丹又气又怜地抱起孩子一个劲地哄。

杜家庆也觉得自己似乎有些过头，他们从没为什么事红过脸，这次为了一个灯，有些不值得。他走到她背后，小声地说："对不起。"陶玉丹还在气头上，没有转过身。杜家庆正在身后不知道该怎样道歉。"哎哟，这孩子尿了。"杜家庆指着地上的一摊水。

杜家庆赶紧从外面的衣服杆上取下几张干净的尿布，陶玉丹熟练地给他换上，已经弄脏的衣服被扔在水盆里，杜家庆把它端到阳台边上，一个人蹲在那里清洗。孩子的哭声渐渐变小，等杜家庆洗完尿布，再回里屋时，看见孩子已经睡着了。陶玉丹不知道怎样开口，干脆就一屁股坐在沙发上，杜家庆也顺势坐下。

"我们不要为这些小事争闹好不好？"杜家庆轻轻揽过陶玉丹的肩，电视里放映着一对久别重逢的恋人，女人从海外归来，男人已经有了家庭。

陶玉丹也不接他的茬，用眼神暗示正在播放的剧情："是不是男人都对自己的初恋难以忘怀？"

"也不是，珍惜现在的男人才是好男人。"

"你的初恋是谁?"杜家庆没想到陶玉丹冷不丁会问这样一句。

"我的初恋就是你啊。"

"少贫嘴。"

"你真想知道?"

"是的……"

杜家庆停顿了一下,正准备开口,陶玉丹打断他:"我不想知道。"

## 三

苏明要回重庆了,洋河中学高94级1班的同学要在全城有名的梨园大酒楼举行一场同学会。这场同学会的主角无疑是苏明。一些在外地工作的同学还专程赶了回来。好多同学都变了模样,苏明衣着大方又干练地站在人群中,不时点头微笑。陶玉丹和杜家庆同时到场,苏明眼尖,一下就盯上他俩。

"陶玉丹!杜家庆!"她热情地招呼道。

几十双眼睛唰地一下随着声音都整齐地朝两人射来。熟悉的人群涌动着,将他俩包围起来,同学们并没有觉察到他们的关系,陶玉丹感觉到整个会场就像两个旋涡将她和杜家庆隔得越来越远,周围是曾经的女同学,不过已经成长为成熟少妇、职场丽人,总之各有各的风采,絮絮叨叨地询问近况。"玉丹,没想到你还是这么沉静。"女同学中不知谁冒了这样一句,"沉静"用得很好,它至少照顾了陶玉丹的颜面,但陶玉丹心里知道这个"沉静"与中学时留给同学和老师的那种文静被动印象是没有区别的。

这么多年,陶玉丹努力地远离,却又被这熙熙攘攘的人群捡了回来。是的,陶玉丹在变化,这是连时间都不能否认的事实,但是同学们的变化更快、更大。在中学时,她是一只丑小鸭;现在,她仍然是一只丑小鸭。她也没有什么惊天动地的事迹,自然同学一会儿就失去了了解她的兴趣,话题叽叽喳喳从一个人转到了另一个人身上。过去那些开朗、热闹的女生仍是热闹,说起这几年的得失眉飞色舞。陶玉丹在一旁看着,仿佛又回到了中学时光,看着那些风云少年在讲台上表演,忽然间一股失落涌进心头,陶玉丹还是陶玉丹,既没让别人改变对她的看法,也没有让自己改变对别人的看法。这个同学会远不如隔着电脑屏幕来得亲切和让人思念,真实的同学聚会甚至是一种摧毁,带点宿命的摧毁。陶玉丹还是带着笑容,让别人察觉不到内心的笑容,她想,这也许是自己给同学们带来的十年来唯一的转变,而这种变化还不能让人察觉。她的眼睛朝四周瞟了瞟,发现人群中杜家庆比她活跃多了,她听见了他激动的声音,看见了他比画着手势。中学时他就这样,陶玉丹心里想。

喧闹中,突然一个声音响起:"大家分别十几年了,我建议大家做个小游戏,揭发当年的那些地下情,好不好?"

"好!好!"人群中马上有人响应。接着又有人跟着起哄:"鼓励大家相互揭发,揭发有奖。"又是一阵哄笑。

"我来揭发,"马力钻山鼠一般站到人群前,"苏明和杜家庆谈恋爱。"有人开始吹口哨,人群里传来一阵笑:"坦白从宽,抗拒从严!"

苏明和杜家庆被推到了前台,杜家庆有些不好意思,他朝台下张望,人太多,没有看到陶玉丹。苏明倒是挺大方:"我先说,我坦白,我和杜家庆都是初恋,很美好,也错过很多,但错过并不等于错误。"

"好,说得好!"有人拍掌。

"杜家庆,快说!你还是不是男人!"人群不耐烦了。

"我说,我说,"杜家庆有些尴尬,"中学生谈恋爱是不应该的。我知错。"

"错了就是好孩子,我们就不再追究杜家庆同学了,好不好?"苏明一边替杜家庆解围,一边下了台。不一会儿,就有新的同学被推到前台,继续着恋爱坦白。

"我应该叫你什么呢?苏总还是苏董?"

"别取笑我了,还不是混口饭吃?"

"你是我们班上最有出息的人了。"

苏明笑笑:"我要结婚了。"

"是吗?我也是。"

"真的?是谁?"

"她要求保密,到时候会通知你的。"

"苏明,怎么还叙旧情哪?"马力又走过来,自顾自地敬了两人一杯酒,然后拉起苏明的手,"苏明,今天可是你做东,你要陪我们喝酒,怎么也要让我们大伙沾沾你这个财神的光。"说完,冲杜家庆摆了一个抱歉的手势,将苏明拉到人群中去了。这会场煞是热闹,有人高歌,有人欢畅,30岁的同学来相会,意气风发,精力正好。

不一会苏明又从人群中挣脱出来:"好了,你们闹,你们闹。"她摆摆手,打心里高兴这场同学的盛宴。她喜欢这种幕后的感觉,这种恭维,这种半推半就的同学情谊。她环顾四周时,眼睛就停在了陶玉丹身上,陶玉丹正在倾听什么,她没有投身到这场热闹中,苏明朝她走过去。陶玉丹与其说看见了她,还不如说听见了她,四目相接,苏明就自然地坐在了她身边。人到身边,竟然无话了。双方的心都在怦怦跳。她们隔三岔五的电子邮件是了解得太多,还是虚拟了太多?见了面怎么反倒不知从何开始。

"我也打算结婚了。"陶玉丹自己也不知为什么要从这个话题切入。

"是吗?刚才杜家庆也说自己要结婚了,这么巧,你们两人都要结婚了。"苏明笑笑。

"杜家庆也要结婚了?"陶玉丹也觉得这样的问话很好笑,她认真地看着苏明,从表面上看,她还是这样亲切、清纯,还有一种信手拈来的洒脱。"公司还很顺利吧?"陶玉丹转换了话题。

"还行。"一谈到事业,苏明的眼睛就变得锐利,"这不,才赚了一笔,就捐献给同学会了。"

两人都笑了,剩下的话似乎有些断断续续,不是因为有人打断,而是断句在即将深入时,点到为止,心照不宣。陶玉丹对苏明还是一种敬畏的喜欢,她以为大家已经平等,以为自己不再仰视她了,可是见到她坐在自己身边的那刻,过去平衡的支点还是没有变化。原来心灵的最深处,她还是信奉着那句老话——人是不能比较的。

天色渐晚,男同学女同学该闹的闹了,该唱的唱了,于是又拉起桌子凑人头打牌,市内的有些已经离开,市外的肯定要在酒店里过夜。陶玉丹想见的人见了,想说的话也说了,再留下来就是多余。走之前她朝人群里扫视了一下,没有看到杜家庆,也没有刻意去找他。

不过,陶玉丹没有回家,她直接去了大学里的父母的家。两位老人看见她很是惊讶了一阵。母亲有些兴奋地要做点吃的,陶玉丹只是淡淡地说:"我和爸说点事情就走。"然后两个人就进了书房,母亲汪蝴姬在外面有些心神不宁地看电视,女儿很少这么郑重地上门,必定是遇到了什么难以解决的事。一个小时后,两人出来了。她嘱咐了两位老人好好休息,和她来的时候一样,面无表情地走了。

与白天见面时的新鲜和热情相比,晚上的同学会则是此次活动的高潮。喝的喝,闹的闹,横七竖八倒了好几个。杜家庆也不知什么时候被灌得酩酊大醉,他很久没有这样彻底欢畅了。像他这样在纪律严明的军校环境下粗线条生活的人,是说不清楚自己的变化来自何处的。在他不甚清醒的头脑中依稀还有陶玉丹的身影,一会是现实,一会是中学,这两个影子既互相重叠又互相分离,他和陶玉丹,根本就不是在预想中的事,而预想中的苏明,则只能让他回忆起自己的青春。这一切是多么阴差阳错啊。31岁了,人生是应该拥有点什么了。突然,他觉得右耳有些疼痛,像被什么撞击了,他躺在靠近沙发的地板上,却觉得自己风驰电掣地行驶在高速路上,真想破口大骂那个从他旁边经过的人,肯定是擦伤了他,他想,现在的年轻人真是开车不长眼睛。一会儿,这种痛再次发作,还没来得及让他想骂人,就迅速弥漫开来,让大脑几近崩裂。他意识到这次多半出车祸了,天太黑了,什么都看不清楚,可能车是连滚带翻地落到了山崖下,他努力地挣扎想爬起来,却浑身无力。忽然,他看见河上有一只人声鼎沸的大船,歌舞升平,慢速前进。他在草丛里大声地叫:"快来救我,快来救我,我出车祸了。"但是船上的人还在锣鼓声中唱歌跳舞,听不见他的喊声,看不到他,他的眼睛非常模糊,手伸了出去。

　　从父母家中出来,陶玉丹才发现,天气突然间变凉了。通常她是不愿意晚上出门的,因为回家时必然要经过一条昏黄路灯照耀下的长长的、扑满飞蛾的单行道。自从和杜家庆确立关系后，都是两人一块在这条路上散步，如果沿着这条路走下去，然后拐两个弯，约莫30分钟就可以到达一个不大的供人们休憩的有几分雅致的龙凤花园。之所以叫这样的名字，是因为在那条曾经幽绿而现在无人管治的龙凤河旁，修建了几个凉亭。陶玉丹现在就是在这个满是飞蛾的单行道上独自走着，她猜想杜家庆肯定还没有回来。她打开房门的瞬间，心里有些轰轰作响。她不知道为什么，反正就像是突然受了惊吓，是一个人害怕的缘故，还是……关门之前，陶玉丹朝门外四周张望，没有什么异常。她赶紧锁上门，打开电灯，孩子安然入睡，可她的心里还是慌，也不知道究竟发生了什么事，坐也不是，站也不是。她拿起了那瓶平时用来炒菜的白酒，给自己倒上了一杯。一口下去，喉咙里有股让人愉悦的辣，酱香型，她喜欢的就是一个味，心里稍稍好受了些。她想起刚才在父亲书房里的一幕。是的，她应该为孩子和自己以后的生活考虑了。她要回到那所大学去，她需要父亲的帮助。能争取的还是要争取。

突然电话铃响起，划破了深夜的寂静。

"玉丹，我，苏明，赶快到人民医院去，杜家庆出事了。"

医院里，几个好友都心神不定地看看手表又互相安慰，20分钟后，陶玉丹终于出现了。

"怎么回事?"说话时,陶玉丹已经听不到自己的心跳了。

"医生说是中耳炎,正准备开刀手术,等家属签字呢。"苏明握住她的手,安慰她。

"这……"陶玉丹也没有了主意。

医生和护士朝这边走来:"你是杜家庆的家属吧,麻烦你过来一下。杜家庆的病情已经耽误了,慢性中耳炎没有引起重视,形成了脓肿,现在已经转移到脑内,我们也不敢肯定这个手术的把握有多大。最坏的打算,希望你做好准备;最好的情况就是脱离生命危险,但听力仍有相当程度的损害。"

陶玉丹目瞪口呆。

"手术是必须要做的,我只是告诉你做好心理准备。"医生拍拍她的肩,"听说你们要结婚了。"然后很惋惜地摇摇头,到手术室去了。

陶玉丹脑子一片迷惘,两眼发黑,她也不知道挨过了多少时辰,直到医生再次从手术室里出来,换下沉重的隔离服,她好像什么都能接受了。或者说就像什么事也没有发生一样,她平静得没有语言,没有表情,也没有思考,两脚轻飘飘的,像踩在棉花上一样,她仿佛看见杜家庆有些变形的脸,轻轻地抚摸、注视。这一刻,她真是百感交集,她甚至不清楚自己应该是什么样的心情,也不知道现在自己是什么样的心情。

"你呢,怎么还不结婚呢?"

"不如你帮我介绍一个好了。"

"你以前有过女朋友吗?"

"有过。"

"漂亮吗?"

"你认识的。"

"你为什么总喜欢把自己隐藏起来?你喜欢那种昏暗的感觉就去酒吧找好了,到我这里来颐指气使。"

"你至于吗?"

"这不是至于不至于的问题,是你对我不坦诚。"

"越说越离谱了,我对你还不够坦诚?"

"以后结婚了,不可能还是租房子吧。我存了一笔钱,我想先把这2万块钱的存折放在你这里。"

"存折你自己留着,到时候再说吧。"

"什么到时候?你不想结婚吗?拿着,拿着又不烫手。"

"好吧,我就先替你存着。留着给你办后事。"

## 四

一年后,一个春光明媚的早上,空气中散发着杜英的味道,微甜微

■ 石燕

■ 212

酸。陶玉丹正在新居里整理杜家庆的遗物,她把杜家庆和她的合照反复擦拭,看上去没有一丝尘埃,才轻轻放下。电话铃响起,是苏明打来的,她还用那种平缓却又暗藏兴奋的声音告诉陶玉丹她已经踩在澳大利亚的土地上了。虽然已是晚上,但灯火辉煌,她和她的未婚夫准备在这个全球人口最少的大洲里举行他们筹备已久的婚礼。陶玉丹微笑着听着,仿佛听到了从悉尼歌剧院里传来的空灵缥缈的音乐,她在心里真诚地祝福他们。一刻钟后,重庆师范大学美术系主任打来电话,告诉她关于她调回该校的事情已经解决,明天就可以到学校正式上课,10点钟去学校了解一下课程安排。放下电话,陶玉丹笑了。她对着镜子稍微整理了一下,发现眼角有一些鱼尾纹,她想自己也应该买一瓶眼霜之类的来保养了。镜子边的相框里,是孩子灿烂的微笑,如今他已经3岁了,也许现在正和幼儿园的小伙伴们玩得正欢呢。陶玉丹收拾好了文件夹,反手关上了门。

　　这是一个不错的小区,四季有花香,有各种青草,还有喷泉和健身器械,而且还别有韵味地新修了六条单行道。人们似乎很满意这样的小道,在上面优哉游哉地散步或者踢腿,伸伸懒腰,别有一番趣味。陶玉丹走出小区,深深地吸了一口这早春湿润的空气,电线杆上还有各式各样没有刮干净的广告,路人或急或慢地赶路,迎面一个学生模样的男孩走来,背着懒人包,双手插在裤子口袋里,胸前挂着MP3,他唱歌的声音很高,旁若无人。"一路上有人太早看透生命的线条命运的玄妙,有人太晚觉悟,冥冥中该来则来,无处可逃,每个人都是单行道上的跳蚤,每个人皈依自己的宗教……"他的声调抑扬顿挫,既像说唱又不像说唱,与他的夸张的穿着极不协调。

　　陶玉丹不知道自己哪来的即兴,上前拦住男孩子,问,这歌是谁唱的?男孩子愣了一下,继而用一种见怪不怪的神情说,王菲啊。王菲?陶玉丹不知所以。对啊,就是跟谢霆锋闹绯闻,从北京到香港去发展,现在红遍大江南北的那个王菲。陶玉丹立在原地,不明白。男孩子整理了下衣服,继续将手插在口袋里,向前走去。不过这时他的声音更大,双脚也不由自主地跟着音乐节拍摇晃。

　　"一路上与一些人拥抱,一边相遇,一些人绝交,有人背影不断膨胀,有些情景不断缩小……走过单行道,花落知多少,逃不了……"

　　"每个人都是单行道上的跳蚤,每个人皈依自己的宗教……"

　　陶玉丹还立在原地,直到歌声渐渐远去,消失在人群里,她的眼睛里还是那个男孩子边唱边跳夸张的身影,王菲?她会唱这样的歌?对了,怎么忘了问他这歌的歌名。看来自己得去买张 CD 了。

旗袍

高西娟是从46岁开始喜欢上旗袍的。连她自己都觉得奇怪,这种在她二三十岁时看起来老气的衣服,现在竟然觉得很新、很潮。身体在华丽的面料里几番哆嗦,人就年轻了、性感了。高西娟在衣着上一向很讲究,她在一家石油公司的宣传部工作,三年前当上了宣传部主任,这个系统的人待遇不错,着装上的攀比更是明争暗斗。初来乍到的女孩仗着年轻,什么便宜的都往身上套,自以为有朝气蓬勃打底,但不久,她们就明显地给扔在了后头。在石油系统里,资历比一切都重要。这个资历自然也落到了着装上。

品牌是一切服装的首选,即便它就是一件看上去普通的白衬衣,它的背后强大的人民币也足以让人心生骄矜。品牌等于品质,为了这种品质,每个星期,高西娟会花300元去做一做自己的头发,所谓做,就是洗洗、吹吹什么的,有时在发型师的建议下也会做个什么花。每个月,高西娟会添购一两套价格不菲的套装,在她这个年纪,适合她穿的衣服是越来越少了,选择套装,看起来是心向往之,其实是不得不为之。套装是一个成熟女人最好的修饰术。它可以遮住隆起的小腹,托起下垂的胸,美化臀部的线条,总之把一切的丑都遮掩了,就像一个精美的礼品盒,四四方方,有棱有角,端庄大方地呈现在世人面前。至于盒子里面是什么已经不重要了,在一些重要场合,比如这家石油系统,需要的就是呈现。

但是高西娟在自己46岁这一年,有了新的发现。在上海念大学

■ 石燕

的女儿邮寄了一套魔术内衣给她,作为生日礼物。这是高西娟第一次穿魔术内衣,虽然刚开始穿的时候紧绷绷的,浑身像被人镶嵌了钢筋一样,横竖不对,但一套上外衣,感觉立马就出来了——高西娟发现自己的身体还有无限塑造的可能性。这种可能性,让高西娟忘记了内在的不适,46岁那年初夏,高西娟换上了魔术内衣,她感到青春又一个劲地往自个儿身上钻了。

风姿绰约就是这么简单。

现在高西娟就风姿绰约地走在本市最著名的旗袍街上。

这是一条专业旗袍街,最开始只有两三家在做旗袍,几千万人口的城市里,偶有几十人怀着老旧的情结穿旗袍,似乎并不能满足供需,电影《花样年华》之后,这条街就有了十几家旗袍铺了,当然,更多是作为演出服装或礼仪之用。民俗街也有零星几家卖点旗袍,不过以棉麻衣料居多。高西娟见过那些二十几岁的小女孩穿着,在民俗街上走过,飘逸也好,清纯也好,总是有些寒酸,她想,她们像30年代的女学生,这种形象是她鄙薄的。她要的是既能融入这个时代,又能领先于这个时代的服装。有一两年单位里时不时有人穿旗袍来上班,一阵风似的,也就过了,好像总不是这个年代的产物。但是高西娟的心从那时就开始被勾起来了。

一开始走上这条街,高西娟并没想要买件旗袍什么的,她只是想试试这件"婷美"内衣的功效。女儿说了,这内衣,只要你穿上不难受,不别扭,什么展现曲线的衣服你都可以穿。高西娟受不了这样赤裸裸的恭维,说,你老妈不是要变成老妖精了?女儿在电话里说,当妖精也是要有资本的。再说,你也不可能是妖精,你这种身份的人,就是应该穿得更耀眼一点。我的妈妈还是很年轻的。

洋槐掩映下的旗袍街散发着浓郁的香味,仿佛那些挂着的旗袍一件件都长了魂魄,摇曳着,伸出了手,要把高西娟拽进自己空洞的躯壳里。

穿着价值两千多元的套装,高西娟自信从容地漫步在旗袍街上,小铺的老板们眼尖嘴快,认准了这是一宗好买卖,热情地招呼高西娟进来瞅瞅。高西娟沉得住气,仪态万方地转了一圈,旗袍好看是好看,可是能不能穿上身她还没有把握,她不想一件件地试下来,那是会伤元气的。她又走了一圈,这时已经没有多少人招呼她了。高西娟才心安理得地走进了一家心仪的店铺。店主是个三十几岁的女人,她眼疾手快地为高西娟推荐了几款旗袍。

试试,试试再说。店主热情地说,阿姐,我看你身材怪好的。

高西娟看看花色,有些犹豫,太艳了吧?她不安地问。

上身效果好着呢。店主谄媚道。穿旗袍就是要身材丰满一点才好看。不然撑不起来,穿旗袍就要这样,她一边说一边打量高西娟,该凸出的地方就要凸,该凹的地方要凹。高西娟感到了眼光的勘探,瞄

■ 石燕

到该凸处,凸处就往外送,瞄到该凹处,那些脂肪藏羞似的赶紧往后退。店主不露声色地继续说,那些二十几岁的小姑娘是不适合旗袍的,太单薄,风一吹就倒,整个一晾衣架。要不是为了生计,我也不会给她们做生意的。大姐,我看你身材是很适合旗袍的,家里一定有不少旗袍吧!你到我这里来,算是找准地方了。你先试试,如果觉得哪里不合适,我们可以给你定做。

高西娟接下了那件墨绿色底白牡丹花做点缀的L号旗袍。再拿件加大号的吧!万一套不进去呢?走到试衣间的高西娟提出要求。

L号竟然很轻松地穿在了高西娟的身上。连她自己都不敢相信镜子前的这个美丽女人是自己。漂亮。她由衷地在心里赞美自己。

店主看出了高西娟的自得,她拊掌,带着几分惊艳的口气说,大姐,你身材真是好,这旗袍就像是给你量身定做的一样。店主的眼神上下流连,满是赞赏。高西娟有些不好意思,她捂着自己的脸,老来羞地说,真的吗?其实高西娟长期便秘,脸色不好,在白牡丹的映衬下出现奇怪的效果。这种效果是陌生的,因而也是新奇的。高西娟显然对一个全新的自己感到满意,原来她还可以是这个样子的。她侧转身,小腹没有隆起的曲线,一点都没有,胸部很狂。高西娟有些忘乎所以,双手撑在了后翘的臀部上,在镜子前转了两圈,又转两圈儿。挺满意!

高西娟的腋毛就这么露了出来,先是几根,然后是一丛,密密匝匝,欢呼雀跃,大张旗鼓。它们几乎是放肆地往外挤,要和女主人的旗袍一争高下。店主皱皱眉,觉得嗓子眼里有点痒。

这件我要了!高西娟一锤定音。

交易付讫,店主把高西娟送到门口,这件高级旗袍的售出,让她觉得该对客人说点什么,一种提醒,一种暗示,总之,她必须说点什么。大姐,店主热情地叫了一声,高西娟满是期望地回过头来,她昂起头微笑着,像一个女王。

"阿姐,旗袍讲的是个含蓄,"店主小心翼翼地说,"所以有些地方要处理下。"她指指旗袍袖口的地方,该露的露,该藏的藏。

高西娟的脸一下就黑了下来。

高西娟似乎并不理解腋毛与旗袍的美学关系。大多数时候,高西娟的腋毛是藏在套装下的。即便夏天,她也从来不穿无袖的裙衫。她看见大街上那些女孩子为了穿衣服好看,总是要把胳肢窝那点毛发消灭干净。连广告画上都是这样,光光的、滑滑的,那可不是真正的女人。高西娟想,有时她会出于恶作剧,特意地看看身边那些女孩子的腋下,那胳肢窝的展开是不忍目睹的,像一个个被剃了毛的鸭屁股。高西娟想起在自己年轻的时候,是不会这样对自己的身体的。

腋毛有什么不好?那是一个女人成熟的标志,高西娟想。她年轻那会儿,谁都不剃。结婚这么多年,家里男人老俞也从没对她的腋毛有过只言半语的不满。现在,她穿上了高级旗袍,看见自己的腋毛从

■ 石燕

旗袍下探出那么一点点,有过略微的担心,但很快就释然了,这不是最自然的吗?谁没有点毛?

　　只是最近,穿上旗袍后的这些日子以来,她发现自己的体毛是有些长了。她听老人说,体毛是不能剪的,越剪越长,高西娟就奇怪了,自己也没剪过体毛,怎么这两年就越长越深了呢?有一次去办公室给领导汇报工作,说话的当儿,领导突然瞅着高西娟的腿说,高西娟,你应该穿丝袜,高西娟一愣,不知所云。领导目光向下,说,丝袜可以遮瑕。高西娟看看自己的腿,这才发现腿毛有些长了,一向以"挡不住的魅力"著称的"浪莎"丝袜在自己的腿毛前也败下阵来。高西娟尴尬地笑笑,把自己的腿往凳子后面缩了缩。回到家后,高西娟问老俞,哎,你说我的体毛怎么就长了呢?老俞不以为怪地说,人老毛重呗。这句话比领导白天的敲打还要伤人心,高西娟直愣愣地对着镜子,我老了吗?她辨不清方向似的,仔细地查看起自己的体毛来。

　　好在,高西娟的旗袍在单位受到了一致好评。为了配合这件旗袍,高西娟还新做了一个发型,她把额前的刘海剪成不等式的娃娃头,浓浓地遮住了眉毛,去掉了几分老相。原来的大波浪也改成了辫子烫,细细碎碎地扎了个慵懒的马尾拖在身后。乍一看,高西娟年轻了,时尚了,高西娟阿姨变成了高西娟小姑娘。

　　穿着旗袍的高西娟,是不能一天到晚坐着的。那样会把衣服弄皱的。于是,高西娟就常站起来走走,和同事们聊聊,很有些推心置腹的姿态。当然,话一多,接水喝水的时间也比以前要勤了。这几十步的路程,高西娟也走得摇曳生姿,她哪是在走路,她根本就是在感受那两片旗袍在腿上一搭无一搭有地摩挲的感觉,她夹紧双臀,幻想别人在后面目不转睛的样子,被自己的美丽幻觉推揉着,胸也往上提了提,她基本上不需要镜子了,她从别人的瞳孔里已经看见了自己是个完美女人。当然高西娟不能总是站着走着,她不是模特,她是个部门的部长,会有下级或同僚前来商议、汇报什么的,于是,高西娟就不得不坐下来。不过,她十分注意自己的坐姿,看文件的时候,高西娟就把屁股少少地放在凳沿上,为了维持平衡,她不得不把身子前倾,用肘支撑着近二分之一身体的重量。这样一来,高西娟的腰就绷得直直的,拉得长长的,很有一点引诱的意味,而她那已经开始下坠的臀部也被勾勒出一些让人想入非非的曲线来。

单位里有小青年打趣说,从今天开始我要约会高西娟了。这一句轻浮话放在过去,一定会引起高西娟的勃然大怒,但现在,换装后的高西娟,似乎连心情也换了,她微笑着不置可否,仿佛真接受了小青年的约会似的,腰身充满了爱情的力量。

真没想到高西娟还有这么好的身材。

我看旗袍还是胖一点的人穿好看,有那么一股风韵。

王母娘娘也有第二春哪。

石燕

高西娟这么一穿,我们都不敢再穿了。
……

在46岁这一年,高西娟成为令人惊艳的焦点,是她始料未及的。她按捺不住地要和别人讲旗袍经,一瞬间,部长高西娟变成了美术家高西娟、设计师高西娟、文化史学家高西娟。那些比她更年轻的女人,对此也津津乐道。她们一起商议哪家店铺的手艺好,哪家店铺的花色好,一个个像是为高西娟出谋划策,无私地自发地要打造本系统的"今日之星",而"今日之星"很快发现,这些女谋士都曾怀揣着"今日之星"的梦想,她们都备着旗袍呢!不过穿了一两次就压箱底了,实在难有合适的场合为这样的衣服提供舞台,她们穿给自己的男人看,穿给闺密看,但绝对不会穿给领导和同事看。于是"今日之星"本着悲天悯人的情怀,怂恿家有旗袍的女人们一起行动——第二天来个旗袍集体亮相,惊艳全系统。女人们的陈年旧梦被搅动了起来,她们忐忑不安又彼此激励,谁曾料到事情的发展会是这样的方向?美术家高西娟、设计师高西娟、文化史学家高西娟激情澎湃地挥舞着双臂,这是一个庞大的造梦工程啊!那簇密密匝匝的腋毛趁机露了脸,迎着办公大楼外的日落,齐刷刷地欢呼:快来吧,快来吧。

可到了第二天,只有高西娟一人穿着旗袍来上班。昨天还锣鼓喧天的女人们只是心照不宣地笑笑。

高西娟察觉到女同事们的异样,在一块上洗手间的时候,她佯装关心地问,怎么不穿了? 不是说好一块亮相的吗? 一两个支支吾吾,说不出个确凿理由。另一个,带着意味深长的语气说,胳肢窝被袖口捃得太紧,难受呢。高西娟听了这话,下意识地看看自己的胳肢窝,她看见了自己又黑又硬的腋毛,好像那是她精心栽培的幼苗,她拉拉袖口说,我的挺合适的。那一个还坚持着说,天太热了,那儿出汗湿下一片,不雅观。高西娟这次没有低头再看自己的腋下,她已经领会到别人的所指,关心和友好的神色已经从高西娟的脸上散去,幸好她们不是一个部门,不怕撕破脸。"我告诉你,"高西娟一字一句地说,"自然的就是最好的,就算这单位里所有人都不穿旗袍,我也会穿。"说完,高西娟夹着那簇日渐浓密的腋毛风姿绰约地走出了卫生间。

现在,高西娟不想去普度众生了,既然别人都不理解她的旗袍经,那就独善其身好了。独善其身的旗袍生活,必须始于房起。

自从女儿念大学后,高西娟老两口就新买了一套三居室,把原先住的景汇公寓给租了出去。但现在高西娟想把景汇公寓512号收回来。她跟老俞说,我们每月也不差这几百块钱,我想把这房子好好打造下,再搬回去住。

搬回老房子住有些违背常理,尽管三居室的新房子空落,缺少人气,但怎么也是新房子,是对自己后半辈子的奖励。老俞一时接受不了。高西娟说,要不这样,这房子以后我们也不要出租了,我们高兴了，老房子住住，新房子住住，变着花样来。老俞说这不是折腾吗？高西娟说，这叫情调！现在都讲究旧房改造，我也是顺应潮流，再说两套房子都是我们的，我爱住哪套就住哪套，谁还管我们？我们也不少这几个钱是不是？我们就是为了高兴，让自己活得舒畅点。老俞说，那当初你直接装修这个新房子不就好了？高西娟眉毛一竖，想，那时我还没穿旗袍呢。可这话不能说。见老俞不乐意，她想，这事情得悄悄地做。

景汇公寓停租以后，高西娟让钟点工去仔仔细细地清扫了一遍，这个两室一厅的房子很有改造的空间。因为是5楼，能看得见葳蕤的洋槐树，在烈日下，那些春天还柔弱娇嫩的洋槐叶已经变得坚硬粗粝，像一个个绿色的刀片，闪着侵略性的光。对面有一处高楼，不过不要紧，它没有阻挡512号的视线，在比512高两层楼的方向上，有一家人还饲养着鸽子，在碧蓝的天空下，在枝繁叶茂的洋槐树上空，优美地滑翔。而洋槐树若隐若现的空隙里，还有瓦片和屋檐，像被遗落的某段逸闻，只言片语，欲语还休。

这真是一处好地方啊。它简直就是为了旗袍而存在。

高西娟背对着窗户，开始打量这间套房，她的眼睛掠过天花板，这天花板已经泛黄了，她要把它全都用木板钉上，营造一种木质房屋的氛围，这是她曾经在某个电影里看见过的场景，现在她已经想不起是哪个电影了，总之那场景在白天很明亮，晚上很温暖，抬头看看纹理，可以细数心事,抒发情感。高西娟把眼神又收回到地面上来,毫无疑问,这房间需要一张充满古典浪漫风格的桌子,配上两张画龙点睛似的椅子,桌子最好是椭圆的,没有棱角,适合倚靠,同时又适合穿旗袍的女主人站起来,在围着这张椭圆的古典的桌子绕圈的时候,能尽力展现腰以及腰以下的曲线。

　　高西娟想象着,那应该像流水线上齿和轮的咬合,但是更柔软,也不用匀速,要进三步退一步,和桌子边的另一个人有着某种默契。最好在眼神的纠缠下,身体有欲拒还迎的姿态。适当的时候,她会停下来,靠在那张古典的椅子上,靠背上最好有盛放的牡丹花,和她旗袍上的花纹吻合。这可是个精细活,高西娟想着,一般的木工未必能做到这点,她不由自主地把手支在下巴上,想,到哪里去找这么个木工,思考片刻,高西娟突然意识到这种姿态也很美,转过头来,想,应该有一扇窗户配合我这姿势的调调吧。

　　窗户,当然是个重要细节。它应该是。人向外探出去的时候,它是一种景;人向内倚靠的时候是另一种景。高西娟向着窗户伸了一个懒腰,这样的景最好是有一个欣赏者,比如一个男人,想到这里,高西娟的内心竟然涌动起一股激情,那刀片似的洋槐叶微微颤动,它把那阳光割成一道道,密密匝匝地铺进了高西娟的心里,高西娟伸着脖子,丝毫不怀疑那锋利的洋槐叶会伤害到她,她试图伸出手去,想去试一试它们是否真的锋利,那些绿刀片的植物却只是摇晃着,不愿靠近,似

■ 石燕

■ 228

乎觉得现在下手为时尚早。

  46 岁了,人生的第二春是不是就这样开始了？高西娟轻嘘了一口气,清风爬上她的肌肤,舒滑舒滑的,一溜烟就钻向她颈窝,顺着腋下又跑了出来,凉飕飕的,十分惬意。高西娟想,我还不老,我的身体还是有感觉的。她咽下一口水,那么这个男人是谁呢？这个男人肯定不是家里那个男人,那个糟老头子,除了上班,只会跟柴米油盐打交道。高西娟张开自己的双臂,抱住自己满是憧憬,浓密的腋毛伺机舒展开来,是有些粗了,高西娟瞄了瞄,和那些洋槐叶一样老而弥坚,她用手搓了搓左边的体毛,听见沙沙的声音,这说明它们并不比钢针硬。她像个贪玩的孩子找到新玩具似的,又搓了一下右边的体毛,右边又发出了沙沙的声音。高西娟被自己的举动弄得有些春心荡漾,她用两只手同时搓两边的体毛,那沙沙声似乎发出了双倍的音效。

  穿衣镜里映照出这个心事重重的贵妇,高西娟偷窥了自己一眼,有些难为情,但是最终她还是克制下来,不去想那沙沙声。高西娟停下来认真地欣赏自己,从发型到鞋,看上去无可挑剔,嗯,还需要一段悠扬的音乐,她把胳膊支在镜子前,对着镜子里的那个人说,就这么干！

  景汇公寓开始叮叮咚咚地装扮起来。有时,在办公室里,高西娟似乎都能听见电钻的声音,这时她就会抬起自己的胳膊,孔雀展翅一样,抱住自己的头,想象着自己已经靠在八角的东阳木雕上了。下级来汇报工作的时候,看见这个景象就只得傻傻地在门口站一会儿。然后他们私底下说,高西娟没事吧?

有时,高西娟的声音也会哗啦啦地传出来:"对!中密度板。5米宽的,不要4米。"

同事也问:"高主任,家里搞装修吧?什么时候我们也去朝贺朝贺。"

高西娟就抬起胳膊抹了下额头,仿佛她就在装修现场,那里真累出汗来了一样,说:"哎,是呀,包出去了,包出去了都还不省心。"

同事说,高主任装的房子一定品位不凡。

同事说,越是精装修的房子越不能掉以轻心,还得盯着。

高西娟就不得不提前下班,去检阅现场。那里通常有一到两个工人,进度看上去不快,他们不是蹲在墙角,就是趴在墙上,都是一些费力气的活儿。穿着旗袍的高西娟在一堆乱木料中显得很不协调,她总是拽着旗袍边,生怕被弄脏了,有时她也会摸摸那些被塑料膜裹着的木雕。不一会儿,她就着急地说:"哎,这个窗户什么时候装?"

那两个做活的工人也就抬头扫一眼她,并不回答,有时候,他们也会说,一样一样地来。口气却极其不耐烦。

高西娟三天两头就跑来看一次,每次看到的进展都不是很快,但她很享受这个过程。两个工人见到房主来多了,胆子也大了些,他们会问，这房子装修了是来做茶楼生意吗？窗户刚装出了毛坯，她就迫不及待地往那里站，那窗户还没磨过砂纸，有些糙，但凌空飞舞的形状已经出来了，跟高西娟预想的框架是一致的，她就抱住自己的手臂，窗外有一大片茂密的洋槐树，高西娟自觉地挺胸收腹提臀，不知怎的，她脑子里突然想到跳孔雀舞的那个杨丽萍来，附了魂魄似的摆出了一副孔雀待浴的姿势。那点甘露仿佛正滴落在她脸上，她舔舔嘴唇，浮现出暧昧的满足的神情。

工人会在这个时候把目光转向房主，她的表情让他们有了轻微的骚动，继而下流地笑起来，下流的笑声惊醒了高西娟，她留意到他们的猥亵眼光，觉得自己被无端占了便宜，她又马上端正起来，厉声说，笑什么！赶紧，明天我再来看。

单位里那次旗袍事件的不愉快，已经被装修新居的兴奋所替代。高西娟现在更加顾盼生辉起来。一个女人要是心中揣着愿望，而这愿望即将实现，她将是动人的。现在的高西娟就是这样，她走路的时候，喝水的时候，都挡不住那股急切劲儿，在单位洗手间的镜子里，她会不经意地发现自己——怎么这样有魅力？！她的心情就更加雀跃起来，恨不得能像身体上的凤凰一样起舞。

那些男同事女同事的眼光在高西娟身上停留的时候也多了。高西娟很自得，她也暗暗地观察过同事甲乙丙，看看是否真的对自己有意。但她很快发现,他们更愿意在公众场合,开开她高西娟的玩笑,争先恐后地嚷着要约高西娟,其实不过是让高西娟请客,请大伙吃饭,一旦被她单独叫到了办公室,同事甲乙丙就立刻严肃认真起来。

这种试探让他失落,但她也没放弃。她开始跟她的朋友同学打电话,电话的开头,通常都是一样:"最近弄装修,真是伤脑筋。"

对方多半会问,怎么回事呢?然后就开始给高西娟支着。

高西娟并不是要别人支着,也不想真做点什么,她就是想要男人们的恭维、赞赏,她的想法很简单,46岁这年,一个女人该有的,她都有了,她为什么不能奢望点男人的爱呢?因为这种爱,她会过得自足自得。这种爱,不是爱情,是时光,是活力,它们会随着女人的衰老而流逝。可是一个女人,一辈子都想抓住这种东西,一辈子都想让人说自己是美丽的,抓住了这一点,这一生似乎就活够本了似的。高西娟觉得这个要求其实一点都不过分。每到夜幕降临,广场上的人都自发地跳交际舞,她看见那些和她同龄,甚至比她还大的妇人,穿得像个摩登少女,灯光下,和半老头子起舞,她们凭什么比她更想留住青春?凭什么?凭她们是女人,女人一辈子都在做一种错误的判断,一辈子都需要男人的眼光,那些广场上的女人高西娟是看不起的,她觉得她们太露骨,太俗气,她比她们更高明,更有品位,那么,为什么她不能得到更好的呢?

如果电话那头认真刻板地给高西娟支着,那么就不用见面了吧,

■ 石燕

没有想象力的男人,话说三分钟都嫌多。

如果电话那头咋咋呼呼,说好久没见了,十分想念,一定要见见,当面支着什么的,高西娟也是不会见面的,这类人,跟她的那些年轻同事一样,只是热情地应付,嘴上热闹而已。

那么,高西娟希望听到的是哪种电话,她自己也不太清楚,电话里还真难判断出一个人的优劣。高西娟也不会轻易地和他们见面,那样太不自重。总之,这些电话里似乎没有一个完全合心意的,就算电话里聊得太好,见了面未必就有同样的效果。她希望的局面是,在这些跟她近期通了电话的人群里,来一场偶遇,既有前期情绪的铺垫,又免去了刻意的尴尬。这样的男人最好是气宇轩昂、风度不凡的。

偶遇,还要恰到好处,哪这么容易?高西娟抬起下巴,仰望下午4点的远山,那里烟霞散彩,日光摇影,她像个指点江山的君王一样,深深地吐出一口气,千军易得,一将难求啊。

其实,因为工作关系,高西娟平时接触的人还是挺多的,有时候,她也会想,这一群人有没有一个是真正欣赏她的呢?她听到的奉承并不少,但那些都是场面话,她想要一些真诚的、真心的,有一点两情相悦,却止乎于礼的交往。这样的交往,不需要太激烈,却适合细品慢嚼,不思量,自难忘。凭着这股劲,她可以一直活得很美丽,这恐怕就是广告里说的生命原动力吧。高西娟也知道,自己再怎么折腾、捣鼓,男人也就对她客气而已。为自己寻找动力的高西娟,避免和年轻女孩一起共同出席某个场合,作为宣传部部长,她宁愿带上几个男下属,那是她的舞台,她自然是不能和那些年轻女孩子比的,她一站在那里,别人说,高西娟真像大姐,她就不怎么高兴了。

这几天,工人们搭着梯子做吊顶,装灯光。高西娟在下面指挥,这个右一点,那个左一点,工人们偏着头,反复问,这样行不行?一会又偏着头问,这样行不行?高西娟的手举酸了,生气地一摆,说错了错了。然后两个手就耷了下来。工人就在上面嘿嘿笑。高西娟这才发现他们的眼神是有指向性的,她板起脸,说,别嬉皮笑脸的,事情做不好,我跟你们算账。话音刚落,灯就吧嗒摔了下来,工人在上面,望着地下,高西娟也望着地下,两千元的灯啊,现在就是一堆垃圾。

如果说刚才的捉弄并没让高西娟真的生气。这下,她真生气了。

怎么着吧?她愤愤地问上面的人。

那两个工人你看看我,我看看你。

两千块钱,知不知道!两千,还不算运费。高西娟声音不大,却很严厉,她挥挥手,一副不想和这两个工人纠缠的意思,掏出手机,立马给装修公司打电话。

"老板!哎,老板!"两个工人在上面喊,高西娟已经和对方讲了起来。

房间顿时安静下来,高西娟字字珠玑,斩钉截铁,她是唯一的、最终的老板。

"不说了,照价赔偿。"高西娟挂上了电话,大局已定地看着他俩,"还有,你们不用干了,另外换工人。"

工人面面相觑地从梯子上下来,落魄地、懊悔地,还带着奢望地干笑了两下,用乞望的眼神看着高西娟。

看什么看!高西娟一肚子气。他们这副可怜巴巴的样子简直就是火上浇油。早干吗去了!她又呵斥道,一想到刚才两个工人因偷窥犯下的过失,就火往上冒。过几天还要搬些贵重家具来,到时候你们赔都赔不起。她说着重话,挥挥手,让俩工人离开。我这是为你们好,她在他们身后说。

第二天,换了新的工人,新房进入了扫尾阶段,一天天装出了轮廓,高西娟的心情也好了起来,屏风、罗汉床、灯架也纷纷运到。

零零碎碎的,花了一个月的时间,装修总算结束了。工程完毕那天,房间里还散发着一股浓郁的甲醛味,高西娟知道那是有害健康的,但是她还是充满欣喜地在那里独自待上了一个小时。椭圆的实木桌恰到好处地摆在房中央,像一艘渡船,把高西娟载到了青春的河流中,她用手指轻轻地划着桌沿,温暖的、坚硬的,带着一股韧劲,她缓缓地围着桌子走了个圈,丰臀隔着旗袍若有若无地蹭着,那感觉真是奇妙,好像桌子被她挑逗得有了灵魂,活了起来,高西娟终于情不自禁地把大半个身子放了上去,桌面有些凉,高傲的爱人都是这样,她闭上眼睛,决定用自己的体温融化它,芳香味在她四周浓郁起来,那是爱的味道。高西娟重新站起来的时候,已经面带春潮,她又挨着在几张新椅子上坐了坐,然后在那张凤凰凌空的仿古镜前,驻足,她窥看整个房间,不由得感叹:太美了,这一切都太美了。

这段时间,高西娟倒不怎么打电话,她有些期盼地等着电话自己响起来,但响起来的电话没有一个是她预想中的。她的新房是需要一点落成仪式的,而目睹这个落成仪式的人,必须是经过严格挑选的。

下了班,高西娟也不回家,独自在新房里徘徊,她叫了点外卖上来,每次都还配上一杯红酒,但饭总是吃不完。她对着空气顾影自怜地说了很多话,说得她自己都不好意思了,于是她站起来,从餐桌到窗户不过几步路,自己最美的时候,为什么没人目睹?高西娟遗憾地想,但马上她就想,这种美还是可以持续一段时间的,她要把这种持续的美带到白天,或者,她可以尝试见见她的几个同学和朋友,也许他们会对自己有新的认识。

但她只是这么想着,并不确定。外面洋槐树散发着浓郁的香味,一群白鸽呼啦啦飞来又呼啦啦飞走。她知道过不了多久,天就要黑下去,月亮会慢慢地升高,年轻时的月亮已经很遥远了,遥远得只剩下照片上的一个光影,那时候不觉得年轻有多好,一直到年轻这股活力从

■ 石燕

脸上跑掉,从身体里抽掉,才觉得身上好像长了无数个孔洞,把青春给散了。现在,她要把这些孔洞堵上,细细品味,不仅要自己品,还要邀人品。举杯邀明月,对影成三人。

就在这个新房里,和这个男人随便谈点什么,夜色、衣着、木雕,关于这房间里的和房间外的,要谈的似乎太多了,高西娟觉得自己心里已经藏了一辈子的话,她抖了抖这身山水画风格的旗袍,她和这服装上的图案一样悠远绵长,现在她要统统地拿出来,填满这个房间,她和他要飘在这些话上,裹在这些话中,沉醉的,半睡半醒的,朦胧的,忽浓忽淡。月亮越升越高,需要仰着头,才能看见,于是高西娟就躺了下来,月亮上的广寒宫,你那里可也寂寞冷清?

她不是找不到这样一个谈话对象,她的生活中有许多能言善道的男人,她也有和他们旗鼓相当的智慧,不过那都是在公众场合,兵刃相见,喜笑颜开,现在,他们的人还没有到,他们的魂儿先过来了,魂儿来了也好,高西娟想。她伸出手来,想摸摸那些魂,果真轻飘飘的,好像一阵风,高西娟站了起来,绕过屏风,她感觉到了对方的追逐,然后一溜烟又不在了,好像从门孔里钻了出去。"太快了啊!"高西娟在后面叫,她想留住那些魂,于是打开房门,她感到有个黑影猛地撞了下自己,她没看仔细,以为是魂儿回来了,过道里的灯亮了,角落里出来一个人,叫她:老板。

高西娟愣了愣,有些面熟,想起是前段时间的那个工人。她不知道他怎么会在这里,好像一直在这里似的。

工人问,老板,我看你家灯还亮着,知道有人。

高西娟有些蒙地点了点头,问:"有事吗?"

"你还记得我吧?前段时间装修……"

高西娟点点头。

"我在楼下做活路,有一点小困难。"他一边说一边观察高西娟的表情,"这边这个房老板,临时要加材料,钱没带够,我想找你借点钱。我明天就还给你。"

"你那房老板呢?"

"他走了。"我们是赶进度。

高西娟问,要多少?

工人说:"200元。"

高西娟说:"你连200元都没有?"她想赶紧打发这个工人,她对他可没什么好感。再说,她现在正忙呢。

"老板,真的救救急,我是好不容易揽到一活儿,现在活不好做,上次你一句话,我……"

高西娟看着他,想了一会儿,说:"好吧,这样,我给你300元吧。"朝他挥了挥手,工人就跟了进去。

不知怎的,高西娟突然觉得头有些晕,然后就看见了天花板上的吊灯,但高西娟还有点神志不清,她叫那个工人把自己扶起来。然后她就听到一个陌生的声音,在四周回荡:"把嘴给她堵上,眼睛蒙上。"

接着,周围全都黑了。

一会儿,高西娟睁开了眼,发现有四只眼睛在瞪着她。

"活着呢。"其中一个庆幸地说。

"大姐,不是我对不住你,是你对不住我啊。"那个高西娟认识的人,浑身都在抖,"你不该告我们,我们可没有偷工呢。"他撑住自己的膝盖,把话往下说,"你这一单,他们只给了承诺的一半,我不怕白做,可家里要吃饭呢!大姐,我这是拿回我应得的。"

说着,那人就准备撕开高西娟嘴上的胶纸。"你可别嚷啊。"他小心翼翼地说。

高西娟立即嚷起来:"王八蛋!"

另一个人赶紧把她嘴给捂上:"谁是王八蛋?谁是王八蛋?"他抽了她两巴掌,高西娟觉得痛,扭了起来。那人说:"你还来劲了?"他又抽了她两下。

高西娟知道自己失败了,等到这个男人离开,高西娟都没有动弹一下,她只是眼睁睁地看着天花板,那些射灯投下来的光影,像她正在消散的元气,一点点地跑掉,跑向窗外,跑到月亮上去,凝聚在广寒宫里,化成一个隐身的自己,只有洋槐花香的味道还在,并且将她死死裹住,裹得她剧烈地咳嗽起来。